COLEÇÃO VIAGENS AO BRASIL

1. VIAGEM PELAS PROVÍNCIAS DO RIO DE JANEIRO E MINAS GERAIS — Auguste de Saint-Hilaire.
2. VIAGEM AO ESPÍRITO SANTO E RIO DOCE — Auguste de Saint-Hilaire
3. VIAGEM À PROVÍNCIA DE GOIÁS — Auguste de Saint-Hilaire
4. VIAGEM A CURITIBA E SANTA CATARINA — Auguste de Saint-Hilaire
5. VIAGEM AO RIO GRANDE DO SUL — Auguste de Saint-Hilaire
6. VIAGEM À PROVÍNCIA DE SÃO PAULO — Auguste de Saint-Hilaire
7. VIAGEM AO TAPAJÓS — Henry Coudreau
8. VIAGEM DE CANOA, DE SABARÁ AO OCEANO ATLÂNTICO — Richard Burton
9. VIAGEM PELAS PROVÍNCIAS DO RIO DE JANEIRO E MINAS GERAIS — Auguste de Saint-Hilaire
10. VIAGEM PELO DISTRITO DOS DIAMANTES E LITORAL DO BRASIL — Auguste de Saint-Hilaire
11. VIAGEM ÀS NASCENTES DO RIO SÃO FRANCISCO — Auguste de Saint-Hilaire.
12. VIAGEM AO BRASIL — Spix e Martius
13. SEGUNDA VIAGEM DO RIO DE JANEIRO A MINAS GERAIS E A SÃO PAULO (1822) — Auguste de Saint-Hilaire
14. DUAS VIAGENS — Hans Stadem

VIAGEM AO TAPAJÓS

Diretor editorial
Henrique Teles

Produção editorial
Eliana Nogueira

Arte gráfica
Ludmila Duarte

Revisão
Eduardo Satlher Ruella

EDITORA GARNIER
Belo Horizonte
Rua São Geraldo, 67 - Floresta - Cep.: 30150-070 - Tel.: (31) 3212-4600
e-mail: vilaricaeditora@uol.com.br

HENRI COUDREAU

VIAGEM AO TAPAJÓS

GARNIER
desde 1844

Dados Internacionais de Catalogação na Publicação (CIP) de acordo com ISBD

Condreau, Henri

C746v Viagens ao Tapajós / Henri Condreau. - Belo Horizonte - MG : Garnier, 2021.
159 p. ; 16cm x 23cm.

Inclui índice.
ISBN: 978-65-86588-18-7

1. Relato de viagem. 2. Tapajós. 3. Brasil. I. Título.

2020-987 CDD 910.4
CDU 913

Índice para catálogo sistemático:

1. Relato de viagem 910.4
2. Relato de viagem 913

PREFÁCIO

O presente livro, de Henri Coudreau, foi escrito em francês, com o título *Voyage au Tapajoz*.

Com muita satisfação apresentamos ao público sua bela tradução feita por Eugênio Amado. Originalmente, a obra foi publicada em Paris, em 1897, pela firma A. Lahure, Imprimeur-Éditeur.

Estamos em face do que Coudreau anotou durante sua viagem pelo Tapajós, de 28 de julho de 1895 a 7 de janeiro de 1896.

O autor nos conta que, encarregado pelo Governador do Pará, de uma expedição científica ao famoso rio, partiu na primeira data, deixando o Pará em direção às fronteiras de Mato Grosso. Em linha reta, a distância que percorreu é a mesma, aproximadamente, que a de Paris a Lisboa. Mas, enquanto que o percurso entre as duas capitais é feito atravessando o território de três nações grandes — França, Espanha e Portugal — do Pará a Salto Grande, término de sua viagem, o percurso é todo feito somente no Estado do Pará, à época "um dos vinte Estados da Federação brasileira".

Coudreau foi anotando tudo o que lhe pareceu de interesse, seja no campo da Geografia, seja no dos costumes dos povos indígenas ou de origem europeia — que encontrou em seu trajeto, seja, ainda, no que concerne à vegetação.

Em capítulo especial, registrou alguns termos usados pelos maués, apiacás e mundurucus, dando seus correspondentes em francês.

Relativamente à vegetação, é interessante indicar que Coudreau anotou diversos tipos na região visitada. Referindo-se às caatingas amazônicas, diz ele tratar-se de "*garennes claires, de taillis rabougris, de végétations arborescentes, mais rachitiques, que seul peut sustenter un sol maigre et pierreux*". E afirma: as caatingas não são nem campinhos (pequenos campos), nem campinas (campanhas, planos). Elas são o prefácio, a "*ouverture*", ou se preferirmos, a transição entre o verdadeiro campo e a floresta.

Ora, isso revela uma compreensão muito melhor, por parte de Coudreau, quanto ao significado da caatinga amazônica, do que a de certos fitogeógrafos e botânicos da atualidade, que a denominam de campina.

Quase ao término do livro, Coudreau faz uma apologia do Pará: "A Amazônia é uma terra de contrastes, mas especialmente o Pará". A cidade rivaliza com tantas da Europa ou da América do Norte, da mesma população. Mas "é mais rica do que muitas, mais progressista que várias de suas rivais, e, no entanto, quando desejo plantas agrestes para meu jardim, eu as vou procurar na floresta virgem, a dois quilômetros da cidade. Pará é uma cidade americana por seu espírito empreendedor e progressista, e latina por seu amor às letras e às artes. Um desenvolvimento científico aí se esboça neste momento que talvez seja capaz de colocar rapidamente o Pará numa disposição das mais vantajosas, entre os centros intelectuais".

"O Estado tem finanças excelentes, — é outra observação pertinente — seu crédito é bem embasado, não lhe falta senão ser mais e melhor conhecido".

Este livro é um importante relatório de viagem, com muitos dados, muitas informações de interesse a quantos se dediquem ao estudo do Brasil, sua história, seu povo, seus costumes, seus recursos naturais.

Como tantos outros que por aqui andaram, Coudreau contribuiu, com seu relatório de viagem pelo Tapajós, com preciosas informações sobre a região, no fim do século passado.

Hoje, mais do que nunca, tais informações são valiosas, pois a Amazônia está em rápido processo de modificações. Assim, é de valor inestimável o acervo de informações que o presente livro contém.

Sua leitura amena será do agrado de quantos se interessem pelas coisas e pelos problemas brasileiros, e, no presente caso, em particular pelas coisas e problemas da região amazônica.

Feliz a iniciativa de inserir este livro na *Coleção Viagens ao Brasil*, que a Editora Garnier de Belo Horizonte vem, com tanto êxito, publicando.

São Paulo, dezembro de 1976
Mário Guimarães Ferri

SUMÁRIO

CAPÍTULO I

De Belém do Pará ao Salto Augusto. — O Amazonas. — O Tapajós, considerado como via de penetração. — O baixo Tapajós. Visitas. — Paisagem. — Partida.

Encarregado pelo Sr. Lauro Sodré, Governador do Estado do Pará (República dos Estados Unidos do Brasil), de uma missão científica no Rio Tapajós, deixo a capital do Estado no dia 28 de julho de 1895, às nove horas da manhã.

O *Imperatriz Thereza* afasta-se do cais. Sigo em direção às fronteiras de Mato Grosso. Em linha reta, é quase a mesma distância que entre Paris e Lisboa. O percurso, contudo, é mais difícil. De Paris a Lisboa, há lugar para três nações, todas as três grandes, quer no presente, quer no passado. De Belém do Pará ao Salto Augusto, para onde sigo, fica-se sempre no Pará, um dos vinte estados da Federação Brasileira. Estado ainda bem pouco povoado, apesar de suas riquezas naturais ou adquiridas. Entre Paris e Lisboa, as três nações galo-ibéricas abrigam 60 milhões de habitantes, ao passo que todo o Estado do Pará não chega a contar um milhão de habitantes, entre civilizados e indígenas. A escassez de população, e uma estrutura hidrográfica especial, dentro da qual os cursos d'água, além dos limites do grande vale amazônico, são todos interrompidos por saltos e corredeiras, explicam o estado atual desse imenso e magnífico Planalto Brasileiro, ainda hoje quase deserto, não obstante a abundância de suas riquezas naturais e a excelência de seu clima.

De Belém à confluência do Tapajós são quase 800 quilômetros sobre o Grande Rio. A viagem faz-se lentamente: em nosso vapor, dá-se mais atenção à carga do que à velocidade. Seria um agradável passeio turístico para quem não precisasse encarar os fatos da vida senão com olhos de curioso ou de artista.

Estamos nos canais que separam a Ilha de Marajó do continente. A noite chegou e o tempo está fresco, quase frio. Fizemos uma parada de uma hora em Bom Jardim dos Mouras, depois chegamos, de manhãzinha, a Pucuruí, propriedade do Sr. César Carvalho de Moura Serra. Ainda guardo nos olhos este último lugar. O vapor atraca em uma comprida plataforma, além, estão os compridos galpões, e mais ao fundo, numa península, um jardinzinho meio-suspenso, em caixas. O conjunto lembra, de alguma forma, a paisagem de uma taberna dos arredores de Paris...

Às onze horas da noite, passamos por Gurupá. Mais tarde, depois de uma noite clara, um céu matinal de encantadora suavidade, e o sol surgindo maravilhosamente na linha de árvores do Amazonas.

Em seguida, é a pequena "Suíça Amazônica" que aparece. Refiro-me ao sistema de montanhas do "Jari-Paru-Paraquara-Ererê", distrito tão pitoresco quanto salubre e rico: um dos pontos mais favoráveis para a tentativa de colonização europeia em larga escala.

Ancoramos às 3 horas em um lugar denominado *Curupaiti* (onde devemos ter deixado, creio eu, cerca de meia tonelada de carga, que é o quanto basta para justificar uma parada do vapor) e prosseguimos sem escalas até *Prainha*, onde aportamos à meia noite e demoramos duas horas.

Às 6 da manhã, entramos no *Gurupuba*, e às sete e meia, estamos defronte a Monte Alegre, com sua ponte e seu trapiche ainda em construção.

Paramos às duas e quarenta no sítio de *Paranaquara*, à margem direita, onde se pôde observar algum gado numa "aberta de campos " — campos ribeirinhos baixos, alagados durante o inverno — e, às quatro e meia, chegamos ao *Cacaual Grande*.

Cacaual Grande, situado na margem esquerda (e não na direita, conforme consta erradamente em alguns mapas), fica em frente à Serra de Curuá, que está na margem direita, um pouco a montante do imaginário povoado assinalado na maioria das grandes cartas sob o nome de "toron", igualmente na margem esquerda.

Este Cacaual Grande é o mais importante empreendimento agrícola da Amazônia. Seus proprietários, os Srs. Paiva, pai e filho, ali organizaram um estabelecimento modelo. Não só possuem grandes plantações de cacau, como também se dedicam à criação de gado. Um pequeno povoado destaca-se da plantação, ligando-se por um cais acostável de ferro e madeira, de cerca de 100 metros, ao pequeno "trapiche do cacaual", onde encostam os vapores. Parece que realmente tem sido posta em prática, a divisa pintada em grandes caracteres sobre uma das mais visíveis fachadas das construções do Cacaual:

TRABALHO COM SCIÊNCIA

PROGRESSO COM PRUDÊNCIA

Um dia, certamente, a Amazônia verá, nas suas selvas transmutadas, numerosos Cacauais Grandes, mas é a criação do primeiro que constitui uma verdadeira proeza, e da mais alta e honrosa distinção.

Depois de algumas horas passadas entre os Paivas, retomamos nossa rota. No meio da noite, paramos por alguns instantes em uma povoação denominada Santana do Tapará. O vapor quase encosta na terra; deita-se uma prancha do desembarcadouro à entreponte, e por aí seguem homens e mercadorias.

Algumas horas mais tarde, às cinco e meia da manhã, alcançamos Alenquer. Uma enorme ponte com parapeito sobre um terreno que só fica desalagado na estação seca, estabelece a comunicação entre nosso vapor e o trapiche de terra firme.

Pela manhã, estamos em Santarém, onde o Juiz de Direito, Sr. Turiano Meira, que veio me encontrar a bordo, entrega-me as cartas oficiais e oficiosas referentes ao Tapajós. Aqui embarca, com destino a Urucurituba, o Coronel Torquato José da Silva Franco, importante comerciante do Tapajós, e com destino a Itaituba, o Sr. Joaquim Lopes Bastos, negociante de Santarém, proprietário da lancha a vapor *Cidade de Santarém*.

Santarém, a despeito da excelência de sua posição geográfica e da qualidade de seu clima, pareceu-me estar bem longe de chegar aos 10 000 habitantes que lhe atribuem, generosamente, algumas estatísticas. Tenho ouvido na região, com bastante frequência, estimar-se em no máximo 3.000 habitantes, a população da "capital da Tapajônia", e tal avaliação não me parece afastar-se sensivelmente da verdade.

A partir de Santarém, deixa-se o Amazonas e segue-se pelo Tapajós.

O Tapajós é o último grande curso d'água ocidental do Planalto Central Brasileiro. Para oeste, é o último dos afluentes entrecortados de cachoeiras. Contudo, também é o último cujo curso segue o alinhamento que vai dar no Brasil meridional e no Rio de Janeiro. Os outros afluentes mais ocidentais da margem esquerda não levam senão em direção à Bolívia e ao Peru.

Disso decorre sua importância estratégica toda especial não como via de navegação, mas como futura linha-mestra de tráfego.

No Planalto Brasileiro, efetivamente, as grandes vias de comunicação não deverão ser os cursos d'água, todos interrompidos por saltos e rápidos, como se descessem os degraus de um anfiteatro.

Já se pode afirmar desde agora — e aqui se trata antes de um fato virtual do que de uma empresa a ser tentada a curto prazo — que o futuro do grande Planalto Central Brasileiro está nas ferrovias. Há que se convencer dos fatos: ali onde a Natureza dispôs um sistema de montanhas e altiplanos, é mais fácil fazer passar a locomotiva do que a embarcação. Corroborando esta ideia, esses planaltos acidentados apresentam, sobre boa metade de sua extensão, uma vegetação de "campos" — pastagens de boa ou medíocre qualidade — que lá se encontram como que para indicar a linha natural de penetração transcontinental do baixo Xingu à Bolívia e ao Chile.

Basta observar nos mapas a posição destes campos: estão quase exatamente no centro da América do Sul, quase à mesma distância do Rio de Janeiro, de Belém do Pará e dos portos setentrionais do Chile — um pouco mais perto de Belém, contudo, o que confere a essa cidade uma importância toda especial.

Sem ainda pregar em alta voz a realização do sonho de uma "Estrada de Ferro Pará — Chile", é natural prognosticar-se que, quando ele se concretizar, tal ferrovia terá de necessariamente atravessar esses "campos gerais" do Alto-Tapajós, que possuem uma das mais belas posições estratégicas do interior do continente sul-americano. E quem sabe se os últimos mundurucus que se encontram em vias de extinção nesses campos a cada dia mais desertos não viverão ainda o bastante para verem passar, sob seus aturdidos olhos, as primeiras locomotivas da "Grande Central Andino-Paraense"? E quando isso se der, esses campos que desfrutam, graças a sua altitude, de um clima excelente, não poderiam também se transformar numa das áreas preferidas para a emigração europeia? O Novo Mundo evolui rapidamente, e está habituado a provocar assombro, em razão de suas bruscas metamorfoses, nos povos menos jovens do Antigo Continente.

No entanto, enquanto aguarda seu destino próximo ou longínquo, o Tapajós, ainda hoje em dia apresenta um desenvolvimento bem modesto conquanto apreciável. A parte inferior do curso do rio, de sua barra à primeira cachoeira, não tem aparentemente progredido com a rapidez que se nota na parte "encachoeirada". Essa particularidade deve-se, ao que parece, à diferença de climas. Efetivamente, o Tapajós, a jusante das quedas, é mais quente, mais úmido e mais doentio que o Tapajós das cachoeiras, e quanto mais se avança em direção às terras altas do interior, mais se torna o clima agradável, temperado e salubre.

Entretanto, apesar de constituir um grande vale úmido e quente, o Tapajós inferior é tão pitoresco que isso não impediu o estabelecimento dos numerosos vilarejos que se sucedem em suas margens. A partir da embocadura, eleva-se a margem direita, apresentando uma sequência contínua de colinas, a partir de Santarém. A margem esquerda, inicialmente baixa, vai-se elevando gradualmente; logo em seguida, até Itaituba, as duas margens apresentam, ora uma, ora a outra, ora ambas, paisagens de real beleza, sendo uma das mais notáveis a da montanha Alter do Chão, tronco de cone meio desnudo, que se ergue na margem bruscamente.

Desses povoados que surgem e desaparecem após uma existência mais ou menos breve e feliz, o primeiro acima da foz, é Boim[1], na margem esquerda, junto à Ponta de São Tomé, Boim já existia no século passado com o nome de "Santo Inácio", e era uma aldeia de índios catequizados pelos jesuítas. Em 1758 Santo Inácio foi elevada à categoria de vila, com sua atual denominação de Boim. Em 1833, Boim perdeu a categoria de vila por ter entrado em completa decadência. Em 1869, essa decadência chegara a tal ponto que o povoado tinha desaparecido quase que completamente.

Hoje em dia, Boim deve possuir no máximo umas 50 casas, habitadas ou não...

Deixando Boim às 10 horas da noite, chegamos às 4 da manhã a Aveiro. Aveiro foi fundada em 1781 por ordem do Governador J. de N. Teles Menezes, que para aí enviou inicialmente duzentas pessoas. O povoado, no princípio, prosperou, obtendo logo o título de vila; as sucessivas invasões das "formigas-defogo" tornaram-no, lá para o meio deste século, inabitável. Em 1833, segundo Baena, a população total de Aveiro era de 313 pessoas, sendo 237 brancos e índios e 40 escravos; quinze anos mais tarde,o vilarejo estava completamente despovoado.

---

1. As informações históricas a respeito desses povoados foram extraídas da excelente obra de Ferreira Pena: "A Região Ocidental da Província do Pará".

Atualmente Aveiro totaliza cerca de 60 casas.

Um pouco acima de Aveiro, desemboca, à margem direita, o Rio Cupari. Trata-se de um rio importante: um de seus moradores mais conceituados, o Sr. Almeida Campos, refere-se a ele como sendo "a pérola" da região, o que aliás coincide com a opinião corrente no baixo Tapajós, em razão da extrema fertilidade de suas terras e da abundância dos minerais que elas encerram — gipsita, calcário, amianto, etc.

Gravura 1 — O meio do Tapajós, visto de Itaituba.

Defronte e um pouco a jusante de Aveiro, encontram-se os vestígios das antigas aldeias de Santa Cruz e Pinhel. Santa Cruz foi uma aldeia de mundurucus que abrigava 507 índios em 1848. Pinhel nunca chegou a ser tão importante, apesar dos sacrifícios feitos em homens e em dinheiro para povoá-la.

Urucurituba, numa excelente posição do ponto de vista climático, está a uma hora de vapor abaixo de Brasília. Urucurituba possui cerca de 50 casas, além da importante propriedade do Coronel Torquato da Silva Franco.

Brasília, na margem esquerda, foi fundada em 1836 por um destacamento de voluntários encarregados de repelir os ataques dos "cabanos". Depois dessa época, Brasília (ou Brasília Legal)* sobrevive com uma quinzena de casas. Nas cercanias de Brasília começam a aparecer, na margem esquerda, colinas bem consideráveis, que se estendem até à beira do Arapixuma.

Às 9 horas da manhã do dia 2 de agosto, paramos defronte a Curi, que fica atrás de algumas ilhas, na margem direita, junto à foz do igarapé de mesmo nome. Curi foi uma aldeia de mundurucus estabelecida em 1799. Contava em 1846 com apenas uma dúzia de choças de palha. Em 1840, ali residia uma população indígena de 299 pessoas, mas em 1869 estimava-se a população em uns 75 habitantes quando muito.

---

* *Hoje, Brasília Legal é vila. (N. do T.)*

Ao meio-dia passamos por Santarenzinho, na margem direita, e às 13 e 30 diante de Uxituba.

Uxituba é uma antiga aldeia de mundurucus, situada na margem direita do Tapajós, um pouco abaixo mas quase à vista de Itaituba. Em 1833, aí havia, de acordo com Bama, 48 casas cobertas com palha, que obrigavam 485 índios, 2 brancos e 4 escravos. Em 1848 a população só era de apenas 343 pessoas, em 1869, somente 100, e hoje não mais que 50.

Gravura 2 — Itaituba: Minha casa sob a mangueira.

Não distante de Uxituba, no igarapé Tapacurá-Mirim, foram descobertas recentemente ao que parece, importantíssimas jazidas de petróleo.

Foi a 2 de agosto, às 4 da tarde, que desembarcamos em Itaituba. O vapor prosseguiu ainda um pouco, até às proximidades da primeira cachoeira. Entretanto, são para Itaituba minhas cartas de recomendação, e é aqui que conseguirei, parece, um máximo de facilidades para preparar minha viagem...

Ocorre, contudo, um primeiro incidente pouco agradável: pelo vapor que me trouxe, vai seguir para Belém o Sr. Franco de Sá, Juiz de Direito, que me poderia ser de grande ajuda. O Juiz segue para a capital a fim de se tratar das febres que contraiu em Itaituba.

Encontro-me à tarde com o Sr. Intendente, para quem trouxe cartas especiais. Também ele está com "as febres", mas não podendo ir tratá-las em Belém, é obrigado a fazê-lo em sua rede.

ITAITUBA, 2 de agosto — 22 de agosto. Itaituba possui, paralelamente ao Tapajós e seguindo um único arruamento, três dezenas de casas, das quais 8 ou

9 “casas de comércio” mais ou menos importantes. Atrás do povoado estão os jardins, via de regra mal cuidados, os projetos de ruas e a “capoeira”. Entre a linha das casas e o rio, duas palmeiras-reais, quatro mangueiras e alguma coisa que não é pastagem, relvado, ou praça pública, mas uma mistura dos três. O lugar é bastante insalubre. Ademais, sendo aí os costumes absolutamente idênticos aos dos nossos vilarejos da Europa, é de se conceber que uma estada de três semanas neste povoado, pudesse perfeitamente parecer mais longa que três anos em Belém ou no sertão. A capital ou as ermas vastidões! Pessoas há que pensam ser necessário uma boa dose de filosofia para se poder viver em outro lugar que não os grandes centros ou a enorme solidão. Não era este, contudo, o pensamento de César quando dizia que era preferível ser o primeiro numa “freguesia” do que o segundo em Roma!

Miritituba, na outra margem, defronte a Itaituba, correspondia melhor a essa ideia de solidão onde se tem de ser forçosamente o primeiro. Com efeito, aí não se via senão uma única casa, a do Sr. Coronel Bernardino Correia de Oliveira. Um pouco abaixo encontra-se a casa de um morador cujo nome não consegui saber e, um pouco a montante, a casa do Sr. Antonico Bentes, sócio do Sr. Bernardino num seringal do São Manuel. Na sua Miritituba, porém, Bernardino sente-se como César em Roma nos “idos de março”.

Acrescente-se que existe em Itaituba um piano suportável e que pudemos fazer à vontade inúmeros desenhos de fisionomia do centro itaituba-mirititubense.

Daí em diante, até nossa partida — (que somente iria acontecer no dia 22). — tudo o que houve foram acessos de febre e visitas.

Estamos alojados na casa onde morreu, há algumas semanas, um engenheiro suíço, o Sr. Gustave Toepper, que fazia medições do nível do Tapajós. Não sei se por causa do ar da casa mortuária ou da atmosfera um pouco pesada e febril do baixo Tapajós, o caso é que não demoramos a ficar de cama todos os três: Madame Coudreau, que dois anos de permanência e de viagens no contestado franco-brasileiro, tornou-se razoavelmente aclimatada, eu e um jovem parente, León Raboudin, que a nós se juntou recentemente para tentar a colonização às margens do Amazonas, e quis iniciar sua vida de agricultor com uma pequena viagem de estudos através do Brasil.

Em relação às minhas febres ou às de meus parentes, não costumo ficar estático. Por isso posso afirmar, sem receio de ser perseguido por exercício ilegal da medicina, que conheço um específico soberano contra todas essas febres benignas amazônicas: é preciso viajar um pouco! Ora, é isso precisamente o que vamos fazer.

Já quanto às visitas, bem que poderiam ser evitadas, mas, além de que isso não seria conveniente, perder-se-ia eventualmente o prazer de receber, por exemplo, o Sr. Bento Cândido de Morais, substituto do Juiz de Direito, o Sr. Intendente Adrião Caldas e esposa, o Sr. Lajes e sua excelente família, e também o Sr. Bernardino Correia de Oliveira, que me devia conceder facilidades para minha viagem ao Alto Tapajós, além de Dona Chica e sua família, do Sr. Jacó Essuci, etc...

Gravura 3 — Itaituba: Grupo sob a mangueira.

Entre preparativos de viagens, a vida torna-se triste em todos esses povoados longínquos. Deste lugar guardei com intensidade apenas a recordação de um grande silêncio que, lá para as três da tarde, cai pesadamente de um céu tormentoso sobre a terra dormente, e também de alguns bois melancólicos pastando na praça pública entre as quatro mangueiras e as duas palmeiras reais. Havia em tudo qualquer coisa de bíblico, e tudo isso, sem dúvida, acontecerá no dia do Juízo Final: uma obscuridade quase completa descendo em pleno dia de um céu estranho... Ah, se nossos escritores e pintores das escolas modernas soubessem o que estão perdendo por não conhecerem a Amazônia!...

Tendo o Sr. Sarmento, deputado da região na Câmara do Pará, contornado as últimas dificuldades para a organização da viagem, ficou resolvido que iremos a Miritituba hoje, 19 de agosto, a fim de avisar ao Sr. Antonico Bentes que arrume tudo para nos conduzir ao Chacorão, um pouco abaixo da confluência do Alto-Tapajós e do São Manuel. Nesse lugar, seguirei as determinações que as circunstâncias indicarem para a continuação e o término de minha missão.

CAPÍTULO II

22/08/1895: partida de Miritituba. Enseadas e baixios. — A serraria do Tapacurá. — Os primeiros "campos". — Goiana e Lauritânia. — O correio. — As cachoeiras do baixo Tapajós. Maranhãozinho e Maranhão Grande. — Furnas. — O equilibrista. — Cachoeira do Apuí — A estrada das cachoeiras. — O Cabolino e o Frechal. — As cachoeirinhas do baixo Tapajós. — o Rio Jamanxim. Índios Paritintins. J. P. Brasil. — Fechos. — Montanha. — Os Índios Maués. — Igapó-açu. Pedro Pinto. Primeiros Mundurucus. A Missão de Bacabal. Rochedos de Quataquara. O Rio Crepori. — Cantagalo. — O Rio das Tropas. — Guerra — Tartaruga. — Cabitutu e Cadariri. — O Chacorão.—25/09/1875: Chegada à casa de Cardoso.

Após algumas dessas horas que são as mais emocionantes que acontecem na vida — as horas que imediatamente precedem as grandes partidas — saímos de Miritituba às oito da manhã, nesta quinta-feira, 22 de agosto de 1895.

Deixamos atrás de nós a aglomeração Itaituba-Miritituba e seus três igarapés: o Piracaná, o Bom Jardim e o Samburi, os dois primeiros na margem esquerda, e o último, na direita; os dois primeiros com seus seringais em exploração, e o último com suas terras baixas que parecem possuir, atrás de Miritituba, algumas campinas mais ou menos alagadas; os dois primeiros, relativamente consideráveis, o último, um simples córrego.

A seguir, penetramos nos "paranás-mirins"[1] das Ilhas do Curral, pequeno arquipélago onde já aparecem alguns campos pouco extensos. Na terra firme da margem direita notam-se sete habitações dispersas, aí se observando uma incipiente criação de gado, entretanto, os moradores ainda se dedicam quase que exclusivamente à extração de borracha.

Defronte à ponta de cima de Ilha Grande do Curral, desemboca o Igarapé do Capituã, onde há um bom número de seringueiros maranhenses e cearenses. Em seguida, depois de termos passado pelo Igarapé de Itapeva e pelo sangradouro do lago de mesmo nome, chegamos a Paini, onde passamos a noite.

---

[1]*Paraná-Mirim: o menor dos dois braços de rio que contornam uma grande ilha. (N. do A.)*

Paini compõe-se de duas habitações, uma das quais parece ter sido outrora importante: hoje, ambas ameaçam ruir.

A uma pequena distância além e acima de Paini, o Tapajós apresenta a primeira de suas "enseadas" ou "baixios", espécies de angras de formato circular, onde a baixa profundidade provocou o espraiamento do rio. São encontradas com frequência em todo o seu percurso, e esta primeira é a Enseada de Tatuquara, cujas águas, durante as cheias, ao dobrarem a ponta de Tatuquara, formam uma violenta correnteza, mais perigosa do que as de muitas cachoeiras.[1]

Na enseada de Tatuquara desembocam dois igarapés à margem direita, o Xururu e o Tapacurá, este bastante importante.

O Tapacurá acompanha, num extenso trecho, o Jamanxim[2], em seu curso que vem de sudeste. A uma hora de canoa da embocadura, o Tapacurá apresenta, segundo me informaram, uma grande queda-d'água. Junto a esse salto, agora denominado "Cachoeira dos Americanos", alguns norte americanos estabeleceram, faz alguns anos, uma serraria que parece não ter sido muito bem sucedida... "Os americanos", diz o pessoal do Tapajós, "um belo dia fizeram uma grande escavação... acharam não sei o quê... foram embora e não voltaram mais!..."

É do outro lado da enseada de Tatuquara que começam os primeiros campos de alguma extensão. Entre os igarapés de Itapeva e Primoto estendem-se campos de muito boa qualidade, nos quais J.L. Cardoso, do Chacorão, cria um rebanho bovino de cerca de umas cem cabeças. Defronte a Ilha do Tapucu, há outros campos que, acredito, também se prestariam à criação. Enfim, na margem direita, estendem-se outros campos, se bem que de qualidade medíocre, que vão do Canal do Tapucu à altura da Ilha da Goiana.

A Ilha da Goiana — ou, melhor dizendo, a Enseada da Goiana, entre esta ilha, a terra firme e a Ilha de Lauritânia — é atualmente, e forçosamente o será para sempre, o ponto final da navegação livre do baixo Tapajós.

De fato, tão logo se passa a Goiana[3], imediatamente acima da Ilha de Lauritânia, chega-se às primeiras correntes da Cachoeira do Maranhãozinho. E daí para cima, nada mais há senão cachoeiras, travessões, saltos e bancos, até nos limites, e mesmo até no coração de Mato Grosso. A jusante das duas ilhas, tem-se o rio livre, acessível aos vapores; para cima, tem-se o rio obstruído, saltando de queda em queda, correndo de rápido em rápido. A jusante é o Vale Amazônico, a montante é o Planalto Central Brasileiro. Logo após as primeiras hesitações, hoje já se pode perceber que o lugar mais apropriado para abrigar o grande centro do Tapajós navegável é o seu ponto de contato com o Tapajós encachoeirado. Ficaria admirado se não visse aí se formar, dentro de alguns anos, alguma cidadezinha de rápido desenvolvimento...[4]

---

[1] *"Cachoeira" é a corredeira ou o rápido mais ou menos extenso e violento, com um desnivelamento relativamente considerável; o "salto" é a queda d'água a pique. (N. do A.) Temos que discordar do Autor. "Cachoeira" é o termo genérico que se refere tanto às corredeiras quanto aos saltos. Em outros pontos deste mesmo volume poder-se-á constatar tal fato, como por exemplo no segundo período abaixo. (N. do T.)*

[2] *No original, Javamaxim. (N. do T.)*

[3] *A Ilha da Goiana deve seu nome, segundo parece, ao fato de ter sido habitada primeiramente por uma mulher de Goiás. (N. do A.)*

[4] *Pelo menos em parte realizou-se a profecia, pois existe hoje a vila de São Luís do Tapajós, distrito do município de Itaituba. (N. do T.)*

À espera disso, uma dezena de habitações, quando muito, estão edificadas em redor da ampla enseada. Nos diversos pontos em que o vapor atraca, baixa-se uma prancha da ponte do navio à terra, e lá está o trapiche! Em Goiana, Bela Vista e Lauritânia, encontramos exatamente as mesmas facilidades.

É da Lauritânia, pequena ilha de 39 hectares pertencente ao simpaticíssimo Sr. Joaquim Cunha, que partimos para enfrentar logo em seguida "as cachoeiras"... Ainda que se esteja habituado a esse gênero de viagens, não é sem um friozinho na região do coração que a gente se prepara mais uma vez para lutar contra as águas furiosas dos rios heroicos. Poesia! — diria alguém. Um provérbio local responde: "Não há inferno para os cachoeiristas, porque eles já tiveram seu purgatório".

Não obstante, há algo de atraente nesse perigo. Mesmo alguém que já tenha revirado muitas vezes nas cachoeiras, não consegue viver sem enfrentá-las de novo. O perigoso exercício torna-se logo uma emoção necessária. Por mais frequentes que tenham sido os acidentes, sempre se considerará o perigo que representam como se já tivesse sido de antemão superado. Talvez seja porque o rio tem cachoeiras, que ele se povoa, e não apesar disso. Tal fato não interrompe a vida, torna-a mais intensa...

Partimos com 166 cartas para os habitantes do interior! Cada canoa que sobe o rio leva o seu "correio" mais ou menos importante...

Cachoeiras do Baixo Tapajós: *Maranhãozinho, Maranhão Grande, Furnas,*[1] *Quatá, Trovão, Apuí, Uruá, Curimatá, Tamanduá, Baburé* [2].

Deixando Lauritânia encontramos, logo de saída, Maranhãozinho. Essa cachoeira é seccionada longitudinalmente em duas pela grande Ilha do Taquará. À esquerda, fica o braço principal do rio, com uma cachoeira não muito impetuosa, mas que apresenta perigosos redemoinhos. À direita, uma ilha bem grande divide o braço oriental do rio em dois canais, o Novo e o Grande, cada qual com três "travessões" de cachoeira. Finalmente, o Furo do Pucu, que desemboca diante de Bela Vista e nas cheias possui apenas correntezas normais, permitindo por isto que se possa evitar, durante uma época do ano, a maior parte da Cachoeira do Maranhãozinho, aliás pouco perigosa.

Até na ponta meridional da Ilha de Taquará ainda se encontram algumas correntezas que podem ser atribuídas ao sistema de Maranhãozinho.

Imediatamente acima, o rio é como que barrado pela Cadeia do Maranhão Grande: Serra do Tracoá, Montanha do Frechal, Montanha do Maranhão Grande, Montanha das Furnas, à esquerda, e a Serra do Gervásio, na margem direita.

O sistema do Maranhão Grande é tríplice: a queda central, espumante e violenta, mas de pequeno desnivelamento; a cachoeira da barra do Furo do Frechal, pela esquerda, os três pequenos braços entre as ilhas, sendo os quais de baixo para cima, o do Periquito, o do Maracanã e o do Papagaio, que permitem, como opção, e de acordo com a força das águas, evitar Maranhão Grande. Durante o inverno, passa-se geralmente por um desses três braços,

---

[1] *No original, Fornos. (N. do T.)*

[2] *No original, Buburé. (N. do T.)*

o do Papagaio, o do Maracanã ou o do Periquito; mas quanto ao da barra do Furo do Frechal, este apresenta, segundo se diz, cachoeiras ainda mais terríveis que o braço principal: por aí ninguém passa.

Um pouco acima do Maranhão Grande, Furnas. Esta cachoeira, na realidade, só aparece durante as cheias, mas quando se forma é perigosa, não somente por causa da força de sua correnteza, mas sobretudo de seus borbotões que atiram violentamente as embarcações sobre os rochedos.

Gravura 4 — Apuí: A "pancada" ao norte.

Foi em Furnas que se estabeleceu o excelente Boaventura, um dos barqueiros e salva-vidas mais conceituados das cachoeiras do baixo Tapajós. São numerosas as vítimas de Apuí que Boaventura já salvou. Ele ou seus homens escutam gritos e apelos desesperados: é algum náufrago que não deseja morrer — e lá vai Boaventura fazer uma boa ação a mais!

Hoje, domingo, 25 de agosto, a casa de Boaventura está em festa. Hoje tem espetáculo! Um equilibrista-em-arame e seu "palhaço" — ambos cearenses, creio eu — vestidos de malha como os verdadeiros artistas de circo, fazem uma exibição. Arrecadação, em Fornos, por uma sessão de uma hora: 32 mil réis. Quanto dinheiro! — e que feliz e filosófica existência para nossos desiludidos com o equilíbrio europeu!

26 de agosto — Ao lado do equilibrista, que agora rema em nossa galera, atravessamos de Furnas à Ilha do Quatá.

Duas cachoeirinhas que nesta época são perigosas. Quatá e Trovão, interrompem o canal oriental do rio. Já no canal ocidental, ou Braço do Quatazinho, há apenas uma cachoeira com este mesmo nome, mas não tem então água suficiente para que por ali possamos passar com nossa igarité [1] . O

[1] *A "igarité" é a maior embarcação que se pode fazer passar pelas cachoeiras; sua capacidade de carga é de 7 a 8 toneladas. Serve-se ordinariamente de "montaria", bem menor. quando se tem pouca carga a transportar.*

Quatazinho não é praticável no estio quando fica pontilhado de rochas recobertas por uma vegetação rasteira, raquítica, como se fosse um corte de mata ligando as duas florestas vizinhas.

A pequena Ilha do Quatá é a primeira das duas grandes paradas do caminho por terra — a outra é em Apuí — que existem na travessia das cachoeiras do baixo Tapajós. As cachoeiras do Quatá e do Trovão são passadas com a canoa vazia, sendo as mercadorias transportadas por terra. E por isso que, por mais que se aproveitem todas as oportunidades, são muitos os dias perdidos nesse fastidioso trabalho: levar nas costas, por ínvias veredas, as cargas frágeis e difíceis. Chegando no dia 26 de agosto à Ilha do Quatá. Só na noite de 2 de setembro atingimos a casa de Manuelzinho, cerca de uma légua acima de Apuí.

Quatá é uma corredeira pequena e violenta na cheia; seus redemoinhos formam um sorvedouro. Apenas com o rio cheio é que se pode seguir pelo lado oriental, por um estreito canal entre as rochas, que fica quase seco já nas águas médias.

Trovão, a despeito do seu nome formidando, não passa de uma cachoeira de terceira ordem, nem muito estrepitosa, nem perigosa.

Apuí é uma das cachoeiras mais impetuosas do Tapajós. Na sua bacia central, uma espécie de círculo estreito com menos de 100 metros de diâmetro, todo o Tapajós se despenca por quatro fendas, formando outras tantas terríveis cachoeiras: o Rápido da Praia, quase seco na época da estiagem, mas de grande impetuosidade na cheia; o Canal Novo, que é o que se toma geralmente durante a maior parte do ano, o Canal do Oeste, que não tem sido quase usado até hoje, e o Canal do Norte, apresentando uma "pancada" de cerca de três metros, quase a pique.

Numerosos montículos, de no máximo cinquenta metros de altitude relativa, espalham-se pelas margens de Apuí. Da prainha de areia de onde parte o caminho por onde se levam as mercadorias, o círculo de Apuí parece uma lagoa entre as colinas.

É estranha toda essa região de Apuí. Enormes rochedos, alguns bem escarpados, pontilham o leito do círculo, e nunca desaparecem, mesmo sob as maiores cheias. Por todos os quatro lados surgem cachoeiras; algumas, saltos a pique; outras, impetuosas corredeiras.

Acima de Apuí, as demais cachoeiras do baixo Tapajós são bem menos importantes.

Uruá, Curimatá, Tamanduá e Baburé são pequenos rápidos que quase não oferecem perigos quando se tem uma boa canoa e um bom piloto; a Cachoeira de Baburé, contudo, apresenta algum perigo na estação chuvosa.

Ao lado de Baburé, atrás da Ilha dos Abitibós, encontra-se o Igarapé de Taborari, que não é navegável e nem seria digno de menção se nele não houvesse um bom número de seringais em exploração.

5 de setembro — Paramos hoje na casa do piloto Antônio Bahia, acima da Cachoeira de Baburé, para consertar nossa igarité que sofreu alguns danos ao passar por Tamanduá.

Chegando ao lugar denominado Maciel, que atualmente pertence ao Sr. Galdino, já se está fora do que se convencionou chamar de "as cachoeiras do baixo

Tapajós". Acima desse ponto, as cachoeiras continuam, mais ou menos fortes e perigosas, mas já não são mais as "cachoeiras do baixo Tapajós", uma vez que prosseguem até aos limites com Mato Grosso, e mesmo além...

Gravura 5 — Apuí: o Canal Novo.

Essa errônea denominação de cachoeiras do baixo Tapajós leva à convicção de que o rio seria livre acima de Baburé. Sem isso, de fato, dificilmente se explicaria a insistência havida recentemente de se querer construir uma estrada contornando as tais cachoeiras. Tratava-se de nada mais nada menos que estabelecer um caminho do Igarapé Piranga, defronte à Ilha de Tapucu, à embocadura do Igarapé do Pimental, a fim de se evitar de uma só vez essas famosas cachoeiras. O engenheiro encarregado desse serviço não teve dificuldade de constatar, há pouco, que tal estrada, além de sua construção ser extremamente dispendiosa, pois ela teria de atravessar mais de duas dúzias de igarapés, furos, paranás-mirins ou igapós, não possuiria, efetivamente, qualquer utilidade, de vez que a única coisa que se conseguiria seria trocar, por uma única via longa, fatigante e condenável, os caminhos que existem atualmente, todos abertos com o máximo de simplificação, mas dentro de condições de viabilidade perfeitamente suficiente, não só para as necessidades atuais, como também, sem dúvida, para as futuras.

O mais engraçado é que esta romanesca estrada das cachoeiras do baixo Tapajós, que por duas vezes e às custas de despesas onerosas, tentou-se abrir na margem direita, já existe na outra margem, se bem que ninguém dela se utilize. A estrada geral das cachoeiras do baixo Tapajós está pronta e todo o mundo sabe disso na região: sua continuação é a "picada" que vai da casa de João Agusto, em Baburé, até à casa de Galdino.

Gastam-se cerca de duas horas para percorrer a estrada e depois a picada de João Augusto a Galdino, e vice-versa. O Sr. João Augusto tem até uma besta que ele emprega no carregamento das bagagens. Mas como ele pede 100 réis por quilo, os interessados, achando tal quantia excessiva e não pretendendo arcar com as despesas da alimária, preferem passar pelos trechos habituais...

E nesta região das duas estradas — a que já existe e que não é usada e a que se quer construir sem se conhecer o local — que o Tapajós apresenta o curioso fenômeno de dois canais naturais que o acompanham, um em cada margem.

O canal da direita chama-se Cabolino: começa um pouco abaixo da embocadura do Igarapé do Pimental e vai desaguar no Tapajós um pouco acima da cachoeira das Furnas. Entre a entrada e a saída, apresenta dois sangradouros que o ligam ao grande rio: um é o "furo" da praia do Apuí, e o outro é o Furo do Poção; este bifurcando-se em dois, na foz.

O poção é um lago temporário alimentado pelo Cabolino; na cheia é navegável, na vazante fica parcialmente seco. Este lago encontra-se quase ao lado de Quatá ou de Apuí. O canal da esquerda chama-se Frechal. Começa um pouco abaixo da entrada do Canal Novo em Apuí e deságua no Tapajós abaixo e quase em frente da Cachoeira do Maranhão Grande.

O Frechal é repleto de cachoeiras, a ponto de não ser de qualquer utilidade para a navegação; na seca, porque suas corredeiras, muito rasas, são perigosas; na estação chuvosa, porque suas correntes são de excessiva violência.

O Cabolino, ao contrário, é praticável quase que o ano todo, exceto na vazante, mas apenas pelas embarcações mais reforçadas. Este canal apresenta três "bancos" ou saltos razoavelmente perigosos durante uma parte do ano. Entretanto, na época da enchente, as igarités ou montarias que descem o rio, geralmente seguem por ele, enquanto que não há possibilidade de em época alguma usar-se o Frechal.

6 de setembro — Imediatamente acima da casa do Sr. Galdino — tendo passado todas as cachoeiras do baixo Tapajós, evidentemente — atinge-se a Cachoeira do Mergulhão, que não chega a ser muito perigosa, é fato, mas que se iguala às do Baburé, Tamanduá e outras cachoeirinhas do baixo Tapajós.

No Igarapé do Mergulhão e na ilha de mesmo nome, ficam as duas propriedades do Sr. Augusto da Costa e de sua família, uma das mais numerosas do Tapajós. Esses dois estabelecimentos não abrigam menos do que umas quarenta pessoas, quase todas ocupadas na extração de borracha seja na Ilha do Mergulho ou nas ilhas vizinhas, seja na terra firme.

Essa região é razoavelmente povoada. Um pouco abaixo, no Igarapé Mambuaizinho que fica na margem esquerda, contam-se não menos que uns 500 maranhenses, todos também ocupados na extração da borracha.

Ao lado da Ilha do Mergulhão encontra-se, por detrás da Ilha da Cobra que a oculta, a foz do importante Rio Jamanxim, que ali se junta ao Tapajós após ter cruzado uma importante cadeia de montanhas na margem esquerda, aparentando ser relativamente elevada.

RIO JAMANXIM* — De acordo com todas as informações que consegui recolher, o Jamanxim seria um rio da maior importância. De todos os afluentes do Tapajós, seria ele, depois do São Manuel, o mais importante.

---

* *Grafado sempre, no original, Javamaxim. (N. do T.)*

O Jamanxim apresenta diversas cachoeiras que são, subindo o rio, as seguintes:

1 — Periquito
2 — Manelão (ou Maranhão)
3 — Bebal
4 — Jacaré
5 — Boa Esperança
6 — Capão
7 — Caí (Nesta, podem-se contemplar enormes rochas monumentais, que se mantêm em extravagante equilíbrio umas sobre as outras.)

Os parintintins, atualmente, não descem além de Caí. Ali, foram eles atacados há uns três ou quatro anos; os civilizados fizeram um verdadeiro massacre, mas os índios se bateram com muita bravura.

Antigamente, eles desciam mais abaixo, mesmo até à foz. E, de fato, foi numa certa ilhota chamada Ubebal, a três horas da confluência, que foi flechado um "Sr. Parintintim", o qual, parece-me, trabalha hoje com o Sr. Almeida Campos, lá para os lados do Cupari.

Acima de Caí, ainda se encontram:

8 — Travessão
9 — Ananás
10 — Apuí
11 — Urubuquara

Passam-se todas essas cachoeiras, até a de Urubuquara, inclusive, em quatro ou cinco dias. Não fossem elas, contudo, e o percurso rio acima levaria apenas um dia e meio ou dois.

Acima da Cachoeira de Urubuquara apresenta-se o "rio morto". Um dos mais conceituados moradores do Jamanxim, o Sr. Macedo, proprietário da Ilha da Goiana, reside um pouco acima da Cachoeira de Urubuquara, numa ilha. (Quase todos os habitantes do Jamanxim moram em ilhas, por medo dos parintintins e também por causa dos seringais que são mais abundantes nas ilhas do que na terra firme).

Da Cachoeira de Urubuquara ao Rio Tocantins*, afluente da margem direita ou setentrional, são dois ou três dias de viagem pelo rio acima sem cachoeiras. O Tocantins é o mais importante afluente do Jamanxim, o maior e o mais rico em seringais ainda não explorados. Lá também estão, principalmente, as ilhas que possuem os melhores seringais.

Da foz do Tocantins à do Arari, afluente da margem esquerda ou meridional, tem-se que subir o Jamanxim por dois ou três dias.

Todas as cachoeiras do Jamanxim são fortes, entretanto não existe uma só que tenha a impetuosidade do Salto Augusto ou do Salto Grande do Crepori.

---

* *No original, Tiocantins, talvez para não confundir com o grande rio homônimo. (N. do T.)*

Da cachoeira de Urubuquara ao Arari pouquíssimos habitantes. Subindo o Arari, encontram-se moradores civilizados a até um dia e meio da foz. No Tocantins encontram-se a três ou até mesmo a quatro dias rio acima.

No seu conjunto, o Jamanxim, o Arari e o Tocantins totalizam cerca de 300 civilizados, destacando-se os maranhenses e depois os cearenses Aí não se encontram índios civilizados, nem mesmo "índios mansos".

Não se conhecem campos ou campinas em toda essa região.

No que se refere à alta Bacia do Jamanxim, poder-se-ia considerar o Tocantins, na realidade, como um "Jamanxim do Norte". O braço meridional do Jamanxim, que conserva o nome de grande rio, não é de modo algum o mais importante: podem-se considerar os dois formadores como possuindo débitos quase que perfeitamente iguais.

O Tocantins, de acordo com informações que me pareceram fidedignas, comunicar-se-ia através de lagos (ou antes de brejos que ficam mais ou menos secos no verão) com um braço do Xingu... Encontrou-se no Alto-Tocantins o casco despedaçado de uma canoa "civilizada" que se supõe ser proveniente do Xingu através de alguma comunicação por águas que existiria entre ambos...

Os mundurucus do Crepori excursionam frequentemente, através dos campos, até ao Tocantins, bem perto do qual estão hoje suas malocas. Vão lá para caçar, e talvez já se tenham aí instalado de maneira permanente...

Ao que parece, é nas cabeceiras do Jamanxim, do Crepori, do Rio das Tropas e do Cadariri que vivem os Índios. Durante o verão, viajam em busca de caça e aventuras; chegando o inverno, retornam às suas florestas, entre o Tapajós e o Xingu — acredita-se, todavia, que pertençam antes à bacia do primeiro.

Os parintintins estão em contínua guerra contra seus inimigos mundurucus e carajás, mas estão em paz com os civilizados.

Segundo alguns moradores do Jamanxim e do Crepori, os parintintins seriam mais susceptíveis de se tornarem verdadeiramente civilizados do que os mundurucus, pois apresentam a vantagem de apreciarem os nossos costumes. Não obstante, dispersos em pequenos grupos em suas florestas, sem coesão, serão inexoravelmente absorvidos e assimilados, ou pelos civilizados, ou pelos mundurucus. Sua ingênua estratégia, que os levou a se dispersarem em pequenas aldeias para melhor de escapar aos mundurucus— para mais facilmente iludir os inimigos! — de quase nada lhes servirá, pois os parintintins são os donos de uma parte dos segredos do interflúvio Xingu-Tapajós; por conseguinte, os civilizados não tardarão a vir — como amigos, esperamos — tratar com esses curiosos indígenas...

Os parintintins passam todos os anos, segundo parece, pelas estradas dos seringueiros civilizados do Crepori, do Cadariri e também, acredita-se, do Tapajós. Apenas passam, sem fazer mal a quem quer que seja.

Usam cabeleiras muito compridas, algumas das quais nunca foram cortadas. "Enrolam-se nos cabelos quando chove", disse-me gravemente não sei qual excelente sertanejo que, sem dúvida, jamais os tinha visto.

Os parintintins andam completamente nus e seriam muito pouco tatuados, trazendo somente alguns sinais no rosto. Finalmente, seriam sóbrios, honestos, repletos de qualidades...

Diz-se ainda que falariam uma língua quase igual à dos mundurucus com os quais se faziam entender sem o auxílio da língua geral.

Logo acima da embocadura do Jamanxim, encontra-se uma das casas mais importantes do Tapajós, a do Sr. Braulino, que está no momento no rio vizinho, onde tem seus interesses. Pelo que me disseram, é a uma curta distância do Jamanxim que ele trabalha com seu pessoal.

Da confluência do Jamanxim até Fechos, o Tapajós, na grande curva que descreve para o norte, apresenta uma nova característica: depois das cachoeiras, os bancos de areia.

Do Mergulhão ao Urubutu, são os bancos arenosos, que as águas baixas da vazante recobrem apenas alguns centímetros. Não bastam os empecilhos das rochas, dos rápidos e dos saltos: há também os bancos de areia. Durante o verão, a altura das águas é de apenas alguns centímetros. Há certos trechos do Tapajós onde entre duas quedas ou dois rápidos, uma pequena lancha a vapor não poderia navegar mais do que durante quatro meses por ano...

Ao lado da ponta inferior da Ilha Brasileira, após termos passado pela choupana de um bravo homem chamado Antônio Piauí, de quem guardo a melhor recordação por ter sido lá que, pela primeira vez no Tapajós, pude beber leite fresco, chega-se a uma região razoavelmente povoada.

As duas casas mais importantes dessa região são as de Januário dos Santos Rocha, à margem esquerda, na foz do Mambuaí, e a de Tampa, na margem direita, esta última oferecendo uma das mais belas vistas do rio.

Depois de termos costeado durante quase três horas a grande Ilha de Mambuaí, chegamos, domingo, 10 de setembro, a Urubutu, na casa de José Pereira Brasil.

O Sr. Brasil, antigo oficial do Exército, é uma das personalidades mais consideradas do Tapajós. Prestou-me, ademais, inúmeros serviços, o que me permite dizer tudo de bom que dele penso.

Pereira Brasil trabalha no Urubutu Grande e seu pessoal compõe-se de uns setenta seringueiros, entre homens e mulheres maranhenses, cearenses e paraenses, que lhe produzem uma bem ponderável quantidade de borracha.

Logo acima da casa de Pereira Brasil, o Tapajós apresenta um fenômeno singular: este rio, que em diversos trechos de seu curso a montante de Apuí possui quase um quilômetro de largura, subitamente se estreita, não apresentando, entre Fechos e Ubiriba, uma largura que ultrapasse 150 metros, retomando sua largura normal pouco acima da Ilha da Montanha.

Numerosas colinas rochosas quase abruptas, de cerca de 100 metros de altitude relativa média, recobertas de vegetação abundante mas de pequeno porte, acompanham todo o desfiladeiro dos Fechos.

Uma cachoeira que não passa de um rápido pouco perigoso (pelo menos na vazante), a Cachoeira do Acará, interrompe o estreito um pouco abaixo da choupana de Antônio Alves, onde nós paramos depois de uma meia-jornada de viagem, desde que deixamos a casa de Brasil.

Quase defronte à morada de Antônio Alves, encontra-se a famosa Ilha da Montanha, que na realidade não passa de um morro de uma centena de metros de altura, com vertentes que descaem bruscamente para o rio.

Quase a seu lado, fica o Igarapé da Montanha, que é o limite meridional dos maués.

Os índios maués estendem-se do Igarapé da Montanha até às cercanias de Parintins. Vivem todos na margem esquerda, no interior, a um ou dois dias de marcha do grande rio; é no Arapium que se concentraria, segundo consta, o grosso da nação. Ao que se diz, há também grande número de maués no Tapacurá-Mirim, e sobretudo no Tracoá, afluente esquerdo, e no Arixi, afluente do Tracoá. Os últimos maués ao sul estão no Igarapé de Tucunoa, a três horas da casa de Pimenta e a quatro da casa do Brasil.

Gravura 6 — Fechos Casa de José Pereira Brasil.

Os maués, que eram outrora grandes produtores de guaraná, trocaram hoje em dia quase que por completo esta extração pela da borracha. Calcula-se que, atualmente, a quantidade total de guaraná produzida pelos maués não chegue a 100 arrobas (1500 kg).

Esses índios seriam ainda hoje, ao que parece, muito numerosos. Antigas estatísticas os avaliavam em 4000. Todavia, baseado nas pessoas que os conhecem melhor, seria indubitavelmente difícil encontrar hoje mais de 1500. Como todos os outros indígenas, estes estão em processo de absorção pelos civilizados, ou mesmo de extinção progressiva.

Segundo se comenta, os próprios maués afirmam que haveria, no interior, a sul e sudoeste do Igarapé da Montanha, maués bravos, com os quais estes, que são maués mansos, não mantêm relações de qualquer espécie.

O mais meridional de todos os maués mansos pareceu-me ser o piloto que contratamos passando pela Montanha. É um personagem que assim me declina, ele próprio, seu estado civil e seus méritos: "Manuel Lourenço da Silva, neto do finado Antônio Ciríaco, aspirante a tuxaua geral dos maués do Igarapé da Montanha, na Amazônia. Favor recomendá-lo ao Governador do Pará e não se esquecer de que ele, Lourenço, deu o nome de Ilha do Bom Gosto à pequena ilhota perto de Montanha, onde abriga provisoriamente suas aspirações à soberania dos maués". Está certo, meu rapaz, vou encaminhá-lo ao Almanaque de Gotha.

Mas no momento, piloto, pilotemos! — e basta de sonhos de grandeza!

Eis a Cachoeira da Montanha, que não passa de uma sucessão de rápidos antes fatigantes que perigosos.

Paramos de noite nas casas dos Srs. Pimenta e Araújo Cobre. Este último mora no interior. O Sr. Pimenta, que nos recebe fidalgamente, envia-me em seguida às mãos do tuxaua Lourenço, que consentiu em passar uma parte da noite ensinando-me a língua maué.

Sexta-feira, 13 de setembro. — Estamos no rio desde a manhã. Trata-se de um dia de céu de verão, céu de doçura infinita durante os primeiros quartos de hora da lenta ascenção do sol acima do horizonte. Os raios de ouro erguem-se no suave azul, e até às nove horas, tudo fica terno e doce, o azul do céu e das águas, o verde das vertentes e até mesmo a própria sensação da vida em geral. As incontáveis gradações de verde das margens adormecidas reluzem sob a aveludada paleta do sol, que vai subindo lentamente no céu, numa apoteose de verde, azul e dourado.

Tomados deste encantamento, chegamos à enseada do Mangabal Grande,* entre a Ponta da Sapucaia e a Ponta Grossa, logo abaixo da cachoeira.

A Cachoeira do Mangabal Grande consiste numa série de rápidos espaçados entre si e localizados entre a enseada de mesmo nome e a Ilha do Igapó-Açu. As duas margens apresentam neste trecho, entre as duas ininterruptas vertentes montanhosas, extensas campinas pobres, nas quais o capim curto e amarelado contrasta com o verde escuro das florestas.

Os rápidos do Mangabal Grande praticamente não são perigosos. O rio, coalhado de algumas dúzias de ilhotas, apresenta, por todos os lados e em todas as direções, incontáveis correntes, que não chegam em parte alguma a formar uma cachoeira realmente perigosa. Nas chuvas, com o rio cheio, desaparece a corredeira, no estio, é preciso, por vezes,procurar o caminho no labirinto das ilhotas que aumentaram e dos rochedos e bancos de areia que as águas deixaram emergir.

Tendo deixado Mangabal Grande para trás, chegamos no domingo, 15 de setembro, à Ilha do Igapó-Açu, onde fica uma das seis habitações que possui nesses arredores o Sr. Pedro da Silva Pinto, um dos grandes proprietários do vale. Pedro Pinto tem, como todo o mundo, seus empregados na coleta da borracha, mas dedica-se também à criação de gado e começou uma plantação de seringueiras já há alguns anos. Com suas quinhentas cabeças (180 na Ilha Norte do Igapó-Açu e 320 na Ilha São Jorge, um pouco acima, à esquerda), seus seringais naturais em exploração e as seringueiras cultivadas, Pedro Pinto já é hoje e sobretudo o será futuramente, dono de uma das "boas situações" do Tapajós.

Uma das "posses" de Pedro Pinto localiza-se na antiga Missão do Igapó-Açu, missão particular estabelecida às suas próprias expensas por um

---

**Atualmente, tanto a enseada quanto a cachoeira são denominadas "Mongubal Grande". (N. do T.)*

frade não comissionado pelo Governo. Este religioso ali ficou por pouco tempo, indo depois para Bacabal, na antiga Missão Grande, mas não tendo obtido senão um medíocre sucesso nos dois lugares, foi-se, depois de alguns anos, embora para sempre.

No Igarapé do Igapó-Açu, defronte à casa principal de Pedro Pinto, encontra-se, a uma pequena distância no interior, a maloca mundurucu mais setentrional das bordas do Tapajós. Nelas, vivem umas trinta pessoas, entre homens, mulheres e crianças, todas trabalhando para Pedro Pinto.

Este famoso que dá o nome a todo o distrito, na realidade... Não existe! As margens do igarapé deste nome, ou onde geralmente o representam, encontram pequenos igapós (brejos) de pouco significativa extensão, mas sem dúvida que, na época em que tal denominação foi aceita, todos esses pequenos pântanos constituíam um único de grande extensão... Fenômenos como este não são muito incomuns nesta região.

Gravura 7 — Fechos: vista tomada da enseada

Das ilhas do Igapó-Açu aos rochedos de Quataquara, estende-se a região da antiga "Missão de Bacabal". A mim, não compete dar aqui o histórico dessa missão, hoje completamente abandonada, mas ainda bem viva na memória dos habitantes da região.

O fundador e diretor da Missão de Bacabal, Frei Pelino de Castovalvas, ali reuniu cerca de 600 índios, quase todos mundurucus. Ele os recolheu nas margens do Tapajós, até à altura do Chacorão e de Airi. Tratava-se, na totalidade, de índios já civilizados, que tinham trabalhado ou ainda estavam trabalhando com seus patrões. Não havia quem quer que fosse das campinas, pois ele não fez sequer uma excursão ao interior.

Os índios foram postos no trabalho. Inúmeros morreram. Quando Frei Pelino deixou a Missão, dos 600 índios não restavam mais que uns 50: todos os restantes tinham morrido. Frei Pelino foi acusado de ter-se dedicado mais aos negócios do que às boas obras. Foi processado, e o inquérito resultou em nada. Isso já faz uns vinte anos. E se o frade voltasse de Roma, onde hoje desfruta, segundo consta, uma existência bastante suave, reveria sua pobre Bacabal tão deserta quanto no dia em que ali chegou para iniciar sua piedosa obra. Em lugar de sua missão, por algum tempo florescente, nada mais encontraria senão esse inútil e tristonho vestígio de floresta virgem abatida: a melancólica capoeira.

Bacabal voltou a ficar deserta. Entretanto, aí como em toda a parte onde a "empresa" fracassou, a iniciativa privada triunfa: o Tapajós se povoa e unicamente pelo esforço individual, de modo algum pelos empreendimentos que visam ao povoamento e à civilização à custa de subvenções.

Povoa-se o Tapajós, e no futuro povoar-se-á ainda mais rapidamente. Para tanto, bastam-lhe seu clima e suas belezas naturais.

Onde encontrar algo mais belo que os rochedos de Quataquara? Imagine-se uma muralha a pique, uma grande muralha de 100 a 150 metros de altura estendendo-se ao longo do rio por cerca de três quilômetros. Rochedos abruptos que lembram frontões de edifícios, obeliscos, catedrais disformes mas gigantescas; rochedos com aparência de uma ciclópica fortaleza, e na rocha desnuda, com secções perpendiculares cortando nitidamente as estratificações, formas que parecem pilares meio murados na enorme massa, gigantescos capitéis, janelas. Por toda parte a rocha escalvada, salvo no alto do formidável edifício, onde se estiolam parcos matinhos. Sobre os flancos abruptos, umas raras palmeiras, alguns arbustos e poucas árvores grandes parecem bater em retirada, na debandada geral de um inútil assalto. Em certos pontos, os capitéis salientes ameaçam desabar em ruínas sobre a canoa que lhes passa ao pé... Mais adiante, morros escalvados, cujos espinheiros amarelecidos mal escondem a nudez triste e suja das manchas esverdeadas... É por vezes artístico, por vezes triste e feio, mas sempre grandioso, com aquela tristeza pungente de quando a chuva derrama seu desalento sobre a terra, grandioso sobretudo quando o sol despeja os mistérios de sua luz, de seu calor e de sua alegria sobre a superfície envelhecida da Errante Morada do homem...

Esta região tem suas curiosidades naturais: antes de chegar à casa de Tiago (Tiago Ferreira Leal), onde pernoitamos, passamos pela "Pedra de Cantagalo", rochedo que possui gravuras e fica num pequeno banco de areia emerso. Essas gravuras rupestres são muito famosas, mas de minha parte confesso ter ficado um pouco hesitante em reconhecer a mão do homem nas linhas indecisas daquilo que o povo do lugar acredita enxergar como sendo um... quadrante solar!

A sudeste da enseada que o Tapajós forma antes de chegar aos rochedos de Quataquara, encontra-se a foz do Rio Crepori. Este rio é, depois do Jamanxim, o mais importante dos afluentes do Tapajós, a jusante do São Manuel.

Eis as que seriam, da foz às cabeceiras, — após diversas informações que eu próprio conferi tanto na ida quanto na volta — as principais Cachoeiras do Crepori:

1 — Iauaretepó, a um dia da foz, rio acima,
2 — Pacu, a um dia a montante da anterior, cachoeira extensa e forte,
3 — Jacaré, a um dia de viagem da anterior, também muito forte,
4 — Uacari,* dois dias acima da precedente,
5 — Cuiucuiú, a dois dias a montante da última grande queda constituída de três saltos distintos. Na vazante, só se pode passá-la por terra,
6 — Ronca-Pedra, a meia jornada da anterior,
7 — Salto Grande, a duas horas da precedente, passa-se por terra.

A duas horas acima de Salto Grande, o Crepori recebe, pela margem direita, um importante afluente.

8 — Duas horas rio acima da citada foz, um Segundo Salto Grande, de impetuosidade aparentemente igual à do Salto Augusto.

Dizem os mundurucus que acima do Segundo Salto Grande não há mais cachoeiras no Crepori, que passa a apresentar diversas ilhas recobertas de seringais.

Contudo, não existem mais mundurucus no Crepori, apenas diversos cearenses que se estabeleceram no rio até suas nascentes. O que restou dos mundurucus que outrora aí habitaram foram apenas suas "capoeiras" e "taperas".

O Crepori passa por ser um rio perfeitamente salubre.

A uma pequena distância acima da casa de Tiago, ao lado da Ponta de Jacuquara, acha-se uma das grandes ilhas do Tapajós, a do Igarapé do Cantagalo, propriedade do Sr. Tomás Nunes. É neste igarapé que se encontra atualmente a maloca de um velho mundurucu bastante famoso, o "tuxaua" Maribaxi, que lá trabalha, com sua gente, nos seringais e nas plantações. Indígena típico, tendo as orelhas distendidas pelo uso hoje abandonado dos botoques, o velho selvagem, que fala muito bem o português, aprendeu o que sabe com os mestres da esperteza, os mercadores do rio, chamados "regatões", aos quais seria hoje capaz, dizem, de dar quinau. Não lhe reprovam, no lugar, a sagacidade de um grego ou de um tuaregue com a qual resolve seus negócios; contudo acham que ele age com pouco tato quando se vangloria publicamente de ter feito justiça sumária acerca de uns vinte mundurucus que estorvavam a liberdade de movimentos de sua orgulhosa existência.

Na sua propriedade de Cantagalo e nas de terra firme, o Sr. Tomás Nunes criou alguns pastos artificiais onde já começa a se dedicar à pecuária bovina.

Os rápidos de Cantagalo, por não apresentarem grandes perigos ou obstáculos, não exigem também, em virtude de sua pequena extensão, prolongado esforço. Subindo o rio, temos os rápidos e depois a Cachoeira do Mangabalzinho,** que passamos com muita água e pouco problema.

Em seguida, após termos passado a noite na casa do bondoso Felisberto, velho negro cearense, quase surdo, que mora com uma índia velha ainda mais

---

** A cartografia local dá, à 4ª e à 5ª cachoeiras desta lista, os nomes de Auari e Cuiucuiru. (N. do T.)*

*** Hoje conhecida como Manigobalzinho. (N. do T.)*

surda, ambos gritando de ensurdecer — mas excelentes pessoas— retomamos (para, por nossa vez, podermos escutar as conversas, finalmente) — a direção do Alto-Tapajós.

Gravura 8 — Nossa barraca e nossa tripulação.

As cachoeiras fazem uma trégua: após meia jornada de viagem sem ter de lutar contra a menor delas, chegamos à Ilha e ao Rio das Tropas.

O Rio das Tropas está hoje razoavelmente povoado, sobretudo de maranhenses, mas como é bem menor que o Jamanxim, talvez seja exagero calcular em 200 o número total dos seus habitantes civilizados.

Também os moradores daí trabalham na extração da borracha. Se o Rio das Tropas não está ainda mais povoado, deve-o sem dúvida à sua reputação, merecida ou não, de insalubridade, pois uma vantagem ele possui: pode-se subi-lo durante muitos dias sem que se encontrem cachoeiras.

Próximo às cabeceiras, seis ou oito dias acima, o Rio das Tropas recebe dois afluentes da margem esquerda muito importantes: o de baixo é o Caburã[1], onde existe uma importante maloca mundurucu, e o de cima é o Cuburi, um mero igarapé, mas onde também se encontra uma das mais importantes malocas da nação mundurucu, a de Macapá. Essas duas malocas estão nas "campinas", a umas oito horas de viagem das barras dessas tributários no Rio das Tropas[2].

Pouco acima da foz do Rio das Tropas acha-se, na margem esquerda, a casa do velho Guerra, uma das figuras mais originais e simpáticas do Tapajós.

[1]*De acordo com as últimas informações, só vivem hoje, no Rio das Tropas uns trinta mundurucus, dos quais apenas onze homens adultos. Estariam distribuídos em três malocas. (N. do A.)*

[2]*O Autor cita este nome como "cabroá". (N. do T.)*

A uma pequena distância acima desta casa, na margem direita, está instalado outro velho morador, um português chamado Manuel Antônio Batista, mais conhecido como "Tartaruga".

Imediatamente acima da casa do "Tartaruga", fica a grande Ilha de Jacareacanga, que faz parte de um arquipélago que se prolonga pelas ilhas do Cabitutu até à foz do igarapé deste mesmo nome.

A montante destas ilhas, o Tapajós forma, no sentido leste-oeste, um longo "estirão", em cuja extremidade se encontra, na margem direita, a foz do Cadariri.

O Cadariri é um igarapé pouco importante, do mesmo modo como o Cabitutu; ambos têm as nascentes na região dos campos. As florestas dos trechos que atravessam, são consideradas como tendo um clima muito salubre. A um dia e meio de sua foz, o Cadariri apresenta uma cachoeirinha que se passa com facilidade. Mais outro tanto, a montante, encontram-se, as "campinas"; um dia depois, ou seja, a quatro dias da barra, acha-se um pequeno salto pouco importante. Os mundurucus mais próximos do Cadariri são os da maloca de Decodema. Nos campos do Cadariri, a meia distância entre este igarapé e o Tapajós, encontra-se outra maloca mundurucu, a de Samaúma.

É numa região conhecida sob a denominação geral de Sai-Cinza que o Cadariri deságua. Para cima, o Tapajós, vindo de sudoeste, depois do oeste, possui umas ilhas muito importantes: as pequenas Ilhas do Curral, a grande Ilha das Piranhas e, por fim, a Ilha dos Ribeiros. Depois, à altura da barragem dos rochedos de Urubuquara, que constituem o primeiro dos "nove travessões do Chacorão", retoma-se de novo, rio acima, a direção nordeste-sudoeste.

O Chacorão é uma das mais importantes regiões de corredeiras do Tapajós. Juntamente com Capoeiras, que não passa de um seu prolongamento, constitui um trecho bem distinto e característico na economia geral do grande rio.

Os 9 travessões do Chacorão são, de jusante a montante:

I — *Urubuquara*

II — *Carmelino*

III — *Capoeira*

IV — *Banco*

V — *Cardoso*

VI — *Laje*

VII — *Anandi (ou Guanandi)*

VIII — *Biuá (ou Biguá)*

IX — *Porto Velho*

Esses travessões são "bancos" que barram quase completamente o rio. Os primeiros, até o do Cardoso, são constituídos de amontoamentos de pedras e seixos que abrigam uma vegetação rasteira, pobre e espinhosa, formando quase uma barragem, nas águas médias, mas completamente encobertos nas enchentes.

Nesta noite, quarta-feira, 25 de setembro, concluo minha primeira etapa: eis-nos em pleno Chacorão, trinta e cinco dias depois de termos deixado Itaituba. Foi uma viagem comprida, e é com um suspiro e um "finalmente!" que desembarco na propriedade de Cardoso.

CAPÍTULO III

Em casa de Cardoso: 25 de setembro a 7 de outubro. — José Lourenço Cardoso. — Vicente Teixeira Castro. — Os travessões das Capoeiras. — Os Campos. — Expedições dos mundurucus ao Sucunduri e ao Madeira. — Os mundurucus das Capoeiras. — As Capoeiras e seu pitoresco. — Morro de São Benedito. — Maurício. — Ilha do Cururu. — Os campos do Cururu e os mundurucus das campinas. — A coletoria de Mato Grosso e a morte de Garcia.

José Lourenço Cardoso, conhecido como Cardosinho, com propriedades no Chacorão e em Tapucu, é uma das personalidades de maior consideração e simpatia do Tapajós.

Cardoso é um dos principais fazendeiros de gado do rio. Além de sua fazenda em Tapucu, tem sabido utilizar seu pequeno "campo" de Mucajatuba, no Chacorão, e já possui, nos seus pastos — pastagens melhoradas ou artificiais — umas trinta cabeças de gado.

De pouco conversar, refletido, inteligente, prestativo, muito honrado, falando o mundurucu tão bem ou até mesmo melhor do que qualquer outro no Tapajós, aliás estimadíssimo por esses índios, entre os quais desfruta com justa razão de toda a confiança, Cardoso é, no meu entender, um sujeito excepcional, a cujas qualidades ainda se somam uma modéstia e a grande mansidão que não é contudo isenta de astúcia.

Tendo o Sr. Bentes partido para o São Manuel, eis-me nas mãos de Cardoso. Logo consigo com ele um "patrão", Vicente Teixeira Castro, que reside na Ilha das Pacas, a uma hora daqui, rio abaixo. Pede-me este alguns dias para resolver seus negócios, após os quais viria buscar-me na casa de Cardoso para seguirmos viagem.

Alguns dias de repouso na casa deste excelente Cardoso até que não são fadigas realmente — dessa de grande viagem necessidade. Os aborrecimentos — bem mais que as fadigas — dessa viagem de Miritituba ao Chacorão, afetaram um pouco a nossa saúde. Pouca coisa, por enquanto, mas são esses primeiros acessos de febre os que mais precisam ser tratados. Logo que a gente se restabelece, já se pode prosseguir, mas do contrário, continuando-se a viagem ainda adoentado, não se demora a ter que parar definitivamente.

Temos aqui no local uma das duas substâncias que constituem a medicação verdadeira, absoluta e infalível na maior parte das regiões quentes: o leite! Quanto à segunda, tenho-a em pastilhas: água de Vichy! Uma dezena de dias sob esse regime e nada mais se deseja senão retomar o caminho.

Gravura 9 — José Lourenço Cardoso.

A 7 de outubro, partimos para o Alto Tapajós. Cardoso vai-nos acompanhar por alguns dias, até chegarmos à maloca de Constâncio e Pancrácio.

Os travessões do Chacorão, conquanto não constituam cachoeiras muito impetuosas, não deixam de oferecer algumas razoáveis dificuldades. As cachoeiras da *Laje*, de *Anandi* e, sobretudo, a de *Burá*,[1] exigem bom patrão e boa tripulação; mas com Cardoso e seu pessoal, os obstáculos desaparecem.

Na margem esquerda, encontram-se os pequenos campos onde Cardoso está iniciando sua criação de gado. Depois da primeira campina, que fica atrás de sua casa,

[1] *Biguá. (N. do T.)*

acha-se uma outra à margem esquerda do Igarapé do Mingau, e além deste igarapé estendem-se, do lado da Bacia das Capoeiras, o campo mais extenso do Mucajazal.

Gravura 10 — Chacorão: sítio de José Lourenço Cardoso.

No travessão de *Porto Velho*, igualmente do lado das campinas, termina o Chacorão. Imediatamente acima fica a Bacia das Capoeiras e os seus nove travessões, que são:

1 — Entrada

2 — Campinha

3 — Chafariz

4 — Cabeceira do Chafariz

5 — Baunilha

6 — Sirga Torta

7 — Saída

8 — Meia Carga

9 — Cabeceira da Meia Carga

Os travessões das Capoeiras apresentam as mesmas características que os do Chacorão: nenhum perigo, com bom piloto e boa tripulação; muita dificuldade para vencer a correnteza na vazante ou nas águas médias; trabalho fácil nas cheias.

Sob todos os pontos de vista, Capoeiras não é senão um prolongamento — ou o início do Chacorão. Os mesmos mundurucus civilizados que se encontram no Comprido ou em Porto Velho habitam igualmente suas margens, onde, além do mais, são mais numerosos: por volta de cinquenta, distribuídos em nove aldeias, que são as de Pedro, José, Gabriel, Diogo, Constâncio e Pancrácio, Cassiano, Gregório, Paulino e Caetano.

Gravura 11 — Vicente Teixeira de Castro.

Os campos, que têm início no Chacorão, prolongam-se pelo lado de trás das Capoeiras até os arredores do Sucunduri. Um pouco abaixo do Estirão[1] do Airi começam as campinas, que são a via desimpedida das comunicações entre os mundurucus do Chacorão e das Capoeiras e os do Sucunduri. Estas são campos medíocres, quase inteiramente cobertos de sapé (capim amargoso) e exigirão um tratamento especial para se prestarem à criação. Apesar disto, sua posição entre o Sucunduri e o Tapajós, margeando essa região salubre do Chacorão e das Capoeiras, faz supor que não permanecerão por muito tempo na inutilidade em que hoje se encontram.

Foi através desses campos do Sucunduri que recentemente se levou um grupo de munducurus para uma expedição de guerra lá para os lados do Rio Madeira.

A história é bastante singular e merece ser narrada com alguns detalhes.

No decurso do ano de 1895, três negociantes do Madeira foram massacrados, ao que parece, por indígenas do Rio Machado, e que não seriam outros senão os famosos ipurinãs. Os vizinhos das vítimas, resolvidos a infligir uma séria lição aos índios

---

[1] *Estirão: Trecho de rio em uma direção.*

assassinos, não imaginaram nada melhor do que procuraram os mundurucus, mercenários de uma nova espécie, conhecidos por alugarem a quem quiser pagar seu valor militar, que talvez seja um pouco superestimado.

Com este firme propósito, os negociantes do Madeira tomaram de suas mercadorias e se dirigiram para os lados das malocas mundurucus. A viagem não foi nada curta. Inicialmente, desceram o Madeira em navio a vapor, depois subiram o Sucunduri em chalupa a vapor até à primeira queda d'água, de onde prosseguiram em canoas. A seguir, deixando o rio principal, tomaram um afluente do Sucunduri, atingindo um ponto a apenas três dias de marcha da região das Capoeiras.

Gravura 12 — Casa de Cardoso: a invernada.

Ali encontraram uma maloca mundurucu, a do tuxaua João, a qual fora estabelecida por um certo chefe Munhapê, que viera das campinas do Cururu com alguns camaradas e se fizera tuxaua à beira do Sucunduri.

Da maloca de João para chegar a Airi, são quatro dias de marcha numa região rochosa onde só existe uma única campina.

Chegando a Airi, os negociantes, acompanhados de alguns mundurucus da maloca do Sucunduri, atravessaram o Tapajós e penetraram no Caruru. Ali, tendo como intérpretes os mundurucus do Sucunduri, que falam quase todos o português, trataram de atrair os "mundurucus das Campinas."

Falaram de uma grande degola que iriam fazer entre os iauaretês (nome relativamente genérico que se dá aos índios do Rio Machado), expuseram todas as belas mercadorias que os brancos do Rio Madeira tinham mandado para seus amigos mundurucus das campinas, já antes de começar a expedição, — e os embaixadores foram escutados!

Cerca de 100 pessoas, das quais 60 eram homens em condições de lutar e o restante mulheres e crianças, seguiram os enviados do Madeira.

Retornaram a Airi, desceram, ao que se presume, o Sucunduri e, depois... as notícias são imprecisas...

Ao fim de alguns meses, quatro retornaram, três dos quais gravemente enfermos. Tudo indica que a expedição foi atacada pelas febres antes de ter encontrado os misteriosos índios do rio Machado — iauaretês ou ipurinãs. A doença ceifou os mundurucus. Excetuando-se os quatro que retornaram a tempo, todos os demais, sem duvidas, morreram.

Esse é o acontecimento do dia na região dos mundurucus.

Ficamos sabendo de todas essas coisas (posteriormente confirmadas) no porto do tuxaua Pedro. O primeiro relato foi bastante sumário. Mas em todo o percurso da viagem, até Todos os Santos e Sete Quedas, novos relatos de mundurucus permitiram-me estabelecer a inacabada verdade que acabei de contar.

Gravura 13 — Cardoso e sua família.

A pouca distância acima da aldeia de Pedro está, também na margem esquerda, a embocadura do Pixuna, um igarapé relativamente importante.

Subindo o Pixuna de "montaria", a um dia de viagem encontra-se a maloca mundurucu de Apenempê. Acima desta maloca, passa-se por duas cachoeiras, e depois chega-se ao campo.

Acima da Enseada do Eduardo, onde se encontram as duas malocas mundurucus de José e Gabriel, têm início os travessões das Capoeiras. Estes, conquanto apresentem as mesmas características gerais dos travessões do Chacorão, são mais pitorescos do que aqueles. Em primeiro lugar, as "capoeiras" propriamente ditas[1], que não passam de "queimadas"[2] , dão a essa região um não-se-quê de devastado, de arruinado, que o Chacorão não possui.

No entanto, o pitoresco das Capoeiras seria difícil de descrever. É variadíssimo; seriam necessárias numerosas páginas. A impressão que me ficou foi a de que o Chacorão é belo como uma coisa qualquer o seria, ao passo que as Capoeiras possuem aquele quê de grandioso e triste que as coisas simbólicas por vezes apresentam.

É o retilíneo da topografia, permitindo que, da Ponta da Baunilha, se veja, cinco cachoeiras acima, a choupana de Manuel Carapina, na Ilha Grande, defronte à maloca de Gabriel.

E o Furo da Entrada, espécie de canal lateral ao longo do grande rio, com as mais bonitas combinações de rochedos, cascatas, bacias e os verdes que o dedo do acaso desenhou neste rio.

É a Ponta das Pilastras, negros rochedos de estratificações horizontais ou dobradas elevando-se como um artístico monumento fúnebre acima das águas violentas, que neles deixam, ao passar, rastos de espuma branca.

É essa pequena campina do Airi, com seu verde Glauco e seu amarelo claro, colocando um detalhe de intimidade e doçura entre a majestade severa da grande floresta e o desfiladeiro heroico do rio impetuoso.

Por fim, é essa Ilha das Pombas, onde as rolinhas, que também somos tentados a chamar de pombas, reúnem-se todos os dias às centenas, familiares e barulhentas, como se fizessem parte dos acessórios sagrados de algum templo vizinho.

Quase defronte à Ilha das Pombas encontra-se a foz de um dos igarapés mais importantes no que concerne às facilidades que oferece para o estabelecimento de um caminho entre esta parte do Tapajós e o Sucunduri: o Igarapé de Uexitapiri. Ao que parece, seu curso atravessa os vastos campos que se estenderiam de um rio ao outro. Todavia, até o dia de hoje, os mundurucus apenas fizeram um reconhecimento sumário desta região que, em razão de sua importância especial, exigiria um estudo mais detalhado.

A uma curta distância a montante, ao lado de um pequeno campo da margem direita, acha-se a curiosa região de São Benedito.

Esta região começa pela Calçada de São Benedito, verdadeiro caminho de gigantes, que liga a terra firme a uma ilhota; em seguida vem o *Morro de São Benedito*, elevando sua imponente massa uns 60 metros acima do nível

---

1 Capoeira: Área florestal devastada, onde o mato renasceu.
2 Queimada: Mata que rebrota em áreas florestais incendiadas.

médio do Tapajós e apresentando um frontão saliente de cerca de uma dezena de metros. A meia altura, rodeando o morro, existe um caminho natural, sem dúvida causado por antigos desabamentos. Galgando a vertente abrupta, consegue-se chegar a esse caminho, que se estende como uma rampa sobre o flanco da montanha a pique, tendo de um a dois metros de largura. Em sua extremidade, na direção do curso do rio, esse caminho que flanqueia o São Benedito descreve uma curva ascencional que permitiria a um ginasta escalar a montanha até seu cume. Numerosos ex-votos dispersos sobre o caminho do morro testemunham o prestígio de que desfruta São Benedito entre os habitantes do Tapajós. Piedosos e pobres ex-votos: velas meio consumidas, camisas mais ou menos finas, garrafas já vazias, estatuetas de uma arte ingênua a ponto de ser infantil, representando São Benedito de maneira nada lisonjeira... Todas essas oferendas singelas estão espalhadas em meio a lâminas de ardósia xistosa destacadas do bloco da montanha, constituída quase toda deste xisto estratificado horizontalmente.

Gravura 14 — Dona Henriqueta de Gregório.

No sopé da montanha, à beira do Igarapé de São Benedito, não aparecem mais essas lâminas xistosas, mas sim pedras de amolar de excelente qualidade, que ali são buscadas de lugares distantes.

Um pouco acima, na mesma margem, há um verdadeiro "sósia" do Morro de São Benedito, outra elevação quase idêntica a essa, com a diferença de ser ainda mais a pique.

E finalmente, um pouco mais acima, um terceiro morro também quase idêntico, mas apresentando uma surpreendente particularidade extra: uma torrente que, na estação chuvosa, se precipita fragorosamente do cimo da montanha — donde o nome local de Roncador, dado ao morro e ao igarapé.

Continuando por este rio continuamente pitoresco, chegamos, dia 12, à noite, na casa de Maurício Rodrigues da Silva.

Gravura 15 — Maurício e sua família.

Maurício é um dos mais antigos habitantes do Tapajós. Depois de haver servido em uma guarnição de Belém, Maurício, então sargento, foi encarregado do comando do destacamento de Itaituba. Ali obteve sua dispensa, e então, em lugar de sonhar com o retorno à sua longínqua cidade natal, na fronteira do Mato Grosso com o Paraguai, adentrou resolutamente pelo Alto-Tapajós, talvez com o pensamento secreto de que este seria, um dia, o verdadeiro caminho do Mato Grosso. Durante algum tempo, porém, permaneceu no baixo Tapajós, tendo-se estabelecido em Montanha, quando um dia o ilustre sábio Barbosa Rodrigues, então em viagem por aquelas paragens, tomou-o como patrão para algumas de suas breves excursões. Pouco depois, Maurício, abandonando o baixo curso do rio, seguiu para o São Manuel, então despovoado, e foi ali que ele, durante muitos anos, de acordo com a enérgica expressão local, "começou sua vida". Vida de trabalho e probidade,e que felizmente foi coroada de merecidos sucesso. Maurício tem cinco filhos, hoje adultos, e com os quais acaba de formar uma "razão social". É por isso que agora, quando olhamos Maurício, a gente pode sem esforço ver irradiar, nos traços agradáveis e finos de velho trabalhador, aquela expressão especial de discreta alegria que a felicidade coloca no rosto das pessoas honestas. Este excelente Maurício vai conduzir-me ele próprio à casa de seu genro Paulo Leite, na Cachoeira de Todos os Santos, no Alto-Tapajós.

Partimos ao meio dia de 15 de outubro, com Maurício, seu filho João e uma tripulação recrutada entre os homens da casa.

É uma viagem "em família". Prosseguimos em pequenas jornadas. Só nos detêm as chuvas torrenciais, que às vezes nos impedem até de levantar. À noite, minha barraca de campanha deixa passar as águas à vontade, e logo estão molhadas as redes...Contudo, esta invernagem prematura não devia prolongar-se. E, como convém às viagens, foram raras tanto as noites sem sono quanto os dias sem trabalho.

Antes de chegarmos à Ilha Grande do Cururu, temos de atravessar uma linha de cinco ilhas: Jauarizal, Sumaúma, Redondo, Tucano e Praia Grande que servem de postos avançados da ilha principal.

A Ilha Grande do Cururu é a maior de todas as ilhas do Tapajós. Mede cerca de uns quinze quilômetros de extensão. Nela existem pequenas campinas, lagos, castanhais[1], e carroçais[2]. Cinco casas estão estabelecidas na ilha, as de José Antônio da Silva, Caetano da Silva, João Miranda, Manuel Benedito da Cunha e Marcos Mota, e três nas ilhas vizinhas, de Maria Margarida de Oliveira, Maria Felícia Garcia e Francisco José Vieira.

O curso d'água que deu seu nome à grande ilha, o Igarapé do Cururu atravessa uma importante região de campos, onde vive hoje a maior parte da nação munducucu.

Os campos do Cururu parecem estender-se para o sul até às proximidades da Cachoeira das Sete Quedas, com o Cururu correndo paralelamente ao São Manuel[3] , do qual está distante, na altura das Sete Quedas, apenas um dia e meio ou dois de marcha. As "campinas" do São Manuel, na realidade, não passam do prolongamento meridional dos campos do Cururu.

Estes campos começam à altura de mais ou menos um dia de canoa rio acima, mas ficam a uma certa distância no interior. Ladeiam o Cururu inicialmente pela margem direita, depois pela esquerda, estendendo-se a algumas horas de marcha por detrás de uma densa mata-galeria. Atravessando-se essa mata, chega-se ao campo, entremeado de pequenas "ilhas" de florestas. Gastam-se duas horas para atravessá-lo, depois do que se alcançam as terras altas onde estão os mundurucus. O campo, na sua maior largura — incluindo as ilhas florestais — mede uns 30 quilômetros, ou seja, um dia e meio de marcha; esta distância compreendendo a mata ciliar, com uma largura variável de alguns quilômetros, geralmente margeando o Cururu, mas eventualmente desaparecendo, como no Capipi, onde o campo chega até ao rio.

---

[1] *Castanhal: Floresta em que predomina a castanheira-do-pará.*

[2] *Caroçal: Brejos onde são comuns as plantas cujo grão é utilizado para defumar a borracha. (N. do A.)*

[3] *Este rio é mais conhecido hoje por Teles Pires. (N. do T.)*

Na região meridional, o campo se estende na margem esquerda, estreitando-se na direita, onde pode ser atravessado, à altura das malocas de Acapona e Carumã, em meia jornada de marcha.

Gravura 16 — Pesqueirinho: casa de Maurício.

Contam-se atualmente sete malocas nos campos do Cururu:

1ª maloca: Itaricá, tuxaua, Puxubaxi, na margem direita, uma jornada rio acima.

2ª maloca: Aracoré, tuxaua Arabompê, na margem direita, mais uma jornada rio acima.

3ª maloca: Capipi, tuxaua Pajé Grande, na margem direita, outra jornada rio acima.

4ª maloca: Carucupi, tuxaua Paroá, na margem direita, mais outra jornada rio acima.

5ª maloca: Acapona, tuxaua Cababizauapê, na margem direita, a meia jornada rio acima da anterior.

6ª maloca: Cachoeira, tuxaua Carimã, na margem direita, a uma jornada rio acima da anterior.

7ª maloca: Lauarerê, tuxaua Puxu, na margem esquerda, a duas jornadas de Carimã.

A maloca de Itaricá fica na cabeceira do Igarapé do Paruari, afluente direito do Tapajós. Não se podendo seguir por este igarapé, que é repleto de cachoeiras, vai-se obrigatoriamente pelo Cururu.

O Igarapé de Lauarerê, em cuja nascente está estabelecida a maloca de Puxu, deságua no Tapajós, quase entre as alturas das malocas de Carucupi e do Capipi.

A uma pequena distância acima da maloca de Carimã Biatetê, encontram-se as primeiras cachoeiras do Cururu, que se estendem desde a região das cabeceiras, onde são muito impetuosas.

A maloca do tuxaua Puxu dista apenas um dia e meio das malocas mundurucus do São Manuel. Pode-se ir em um dia e meio de viagem, ao que parece, do Puxu à casa de Saturnino, no São Manuel. O próprio Saturnino confirmou-me, ao fim de minha viagem, que seus homens tinham por vezes levado dois dias até ao Alto-Tapajós, assim como gastavam um dia e meio até o Cururu. Isso explica a presença relativamente frequente de grupos mundurucus em viagem além do Salto Augusto.

A população total dos mundurucus do Cururu não deve ultrapassar oitocentas pessoas nas sete malocas reunidas. A de Puxu, que é a mais numerosa, teria, ao que se diz, 100 homens adultos, a do Pajé Grande, a segunda mais numerosa, somente 60. Sem se afastar muito da verdade, pode-se calcular, para as sete malocas do Cururu, um total de oitocentas pessoas, entre as quais 250 homens adultos.

A recente expedição do Sucunduri ainda reduziu em cerca de uns 100 indivíduos a população do Cururu. Os munducurus deste rio, portanto, não devem hoje ser mais de 700.

Se a este número somarmos uns 300 mundurucus das malocas do Cadariri (Decodema, Sambariri, Samaúma, Sanati e Sacuribi) e uns 30 das três pequenas malocas quase extintas do Cabroá e do Cuburi, nas cabeceiras do Rio das Tropas, teremos um total entre 1000 e 1100 para todos os mundurucus das campinas entre o São Manuel e o Jamanxim.

Esses campos do Cururu-Cadariri parecem constituir um distrito geográfico bastante especial. Aí o ar parece vivo; os ventos violentos e as brisas frescas ou cortantes sopram, pelo que dizem, com um certo rigor. Trata-se de uma zona "salubérrima", ou que pelo menos tem tal reputação. Pouca umidade: os campos são altos, os cursos d'água não passam de riachos grandes, os brejos, inexistem de todo; existe apenas um lago, que tem água corrente e que jamais se esgota, o Lago das Tartarugas, no baixo Cururu, com uma ilha redonda ao meio, onde os mundurucus vão caçar tartarugas.

Estes campos apresentam ainda uma outra particularidade curiosa: a avestruz sul-americana, o "nandu", chamado no Brasil de "ema", que vive em estado selvagem nos campos do Cururu, ou pelo menos em Acapona e no Capipi... Uma dessas emas, que foi apanhada no Cururu, pode ser vista no médio Tapajós, na casa de Manuel Antônio Batista, o "Tartaruga".

Esta curiosa região, contudo, não pode ser vista de modo algum da margem: no rio que aí se espraia por causa do arquipélago formado pela Ilha Grande do Cururu e as ilhas vizinhas, apenas se percebem vegetações densas que abrigam inúmeros canais, e efetivamente nada indica que as imensas pradarias estão logo ali atrás.

Acima da Ilha Grande do Cururu, em cuja parte central aparecem campos de qualidade bem medíocre, encontra-se, à margem direita, o Morro da Bifurcação; à esquerda, a Ilha da Coletoria, e, na direção do sul, a confluência do São Manuel e do Alto Tapajós[1].

---

[1] *Os dois formadores do Tapajós são hoje denominados, respectivamente, Teles Pires e Juruena (N. do T.)*

Defronte à Ilha da Coletoria, na margem oposta, um pequeno cemitério. De um lado, as ruínas de um estabelecimento fiscal, do outro, uma pequena necrópole onde repousam três infelizes soldados jovens, que certamente para aqui vieram com as cabeças mais repletas de sonhos do que de ressentimentos políticos. Seis meses bastaram para que a morte os levasse, simplesmente, depois de febre, e sobre seu túmulo recente a inconsciente natureza divertiu-se em fazer germinar embaúbas de pálidas folhagens.

A história — de trágico desfecho — da Coletoria do São Manuel e do Alto-Tapajós, teve por origem uma questão de limites entre os Estados do Pará e de Mato Grosso. Este último, não querendo aceitar como sendo o Salto Augusto o limite, conforme reivindicava o Pará, e reivindicando como ponto inicial da divisa a confluência do São Manuel com o Alto Tapajós, simplesmente enviou um funcionário encarregado de receber uma taxa de 500 réis por quilo de borracha extraída nas margens daqueles dois rios por uma população mais de dois terços paraense, e por uma produção que se endereçava, toda ela, a Belém (pelo Alto-Tapajós, o único caminho praticável no atual estado de coisas).

Não conheci Garcia Júnior, o tal funcionário enviado pelo Mato Grosso à confluência dos dois rios — entretanto, a margem ocidental do Tapajós propriamente dito constitui um território que o Estado do Amazonas considera como sendo seu... até que se tenha a regulamentação definitiva dos limites deste estado com o do Pará... — não conheci esse Garcia, lamentavelmente assassinado, mas considero-o uma vítima. Antigamente, esses "contestados", essas "áreas do atrito" entre duas províncias ou entre duas nações, eram regiões onde se sabia não existir segurança ou lealdade. Quando alguém para aí se dirigia, era para poder fazer, sem remorso e ao abrigo das leis, aquilo que o diabo lhe inspirasse. Hoje em dia, vai-se para tais áreas a fim de receber os impostos, ou para operações policiais; na maior parte das vezes, tratando-se meramente de missões, concedidas a alguém, quase sempre como favor político, por um "amigo" em boa posição no governo, mas que contudo receberia sem lágrimas a notícia de sua morte. O protegido — quero dizer, a vítima — pressionado por necessidades materiais, aceita, entusiasmado, a ilusória designação. E pouco depois deixa-se assassinar, como Garcia, pelo fato de não ter querido passar pelos fáceis caminhos do Estado rival, na crença de que poderia ser considerado como desertor pela sua própria administração; deixa-se assassinar em alguma heroica viagem de volta do exílio! E é um estrangeiro que tem, às vezes, a nobre mas bem melancólica tarefa de fazer sua oração fúnebre, uma vez que "*Homo sum, et nihil humani a me alienum puto*! Que se apressem os governos a se porem de acordo, a fim de que haja paz na terra aos homens de boa vontade"

Eis o lamentável fim de Garcia, tal como me foi contado, no Alto-Tapajós, por pessoas bem informadas:

Após instalar a Coletoria, tendo ficado gravemente enfermo, Garcia iniciou seu retorno a Cuiabá em 10 de janeiro de 1895. A fim de restabelecer-se, ficou na casa de Paulo Leite, em Todos os Santos, até 19 de fevereiro. Meio restabelecido, prosseguiu viagem e chegou, no dia 1° de maio, à barra do Arinos e do Juruena. Ali foi flechado pelos tapanhumas às 10 horas da manhã. Tendo os tapanhumas atacado duas outras vezes na mesma jornada, ameaçaram desertar os apiacás que Garcia levara como se o desembarque não fosse finalmente decidido. Garcia deveria ter logo batido em retirada, procurando retornar à coletoria. Com a doença pelos ferimentos, ele demonstrou, apesar de seus sofrimentos, a maior energia moral. Escreveu cotidianamente seu diário de viagem, até mesmo no dia de sua morte, que se deu às 10 da noite, sob a coberta da igarité. Ali mesmo em Lajinha, à margem do Arinos, foi enterrado o infeliz Garcia. Continuando seu retorno até a coletoria, a expedição chegou à de Paulo Leite no dia 25 de junho, quatro meses e quinze dias depois de sua partida da foz do São Manuel.

O pobre Garcia foi tão infortunado quanto heroico: ferido quando na confluência do Arinos e do Juruena pela flecha envenenada que lhe atravessou a tíbia e o perônio, ainda ordenou a seus assustados apiacás que seguissem pelo Arinos até à Cachoeira dos Dois Irmãos, a quinze dias de Cuiabá. Mas teve de voltar de lá, ameaçado que estava de ser abandonado pelos seus canoeiros, e ser obrigado a aguardar, pelas mãos dos tapanhumas, o fim de seu miserável destino...

Além de Garcia, o outro único membro da expedição que morreu foi um velho apiacá que servia como piloto e que, traspassado por uma flecha de um lado ao outro do corpo, caiu morto aos pés de Garcia, enquanto este parado sob a coberta da igarité, recebia simultaneamente a flecha que lhe atravessou a perna.

O desditoso Garcia, triste vítima de facinorosos índios, merece uma dupla homenagem, como mártir e como trabalhador.

Dispondo de meios precários, ele conseguiu iniciar alguma coisa, e sua Ilha da Coletoria poder-se-ia tornar um ponto interessante.

A casa da Coletoria, construída à maneira dos "barracões" locais, completamente fechada, compunha-se de cinco cômodos e dependências; com seu jardim e suas plantações, é um atestado do sério esforço de Garcia que, em oito meses, ali criou uma obra que da parte de seu realizador denota uma inteligência proporcional à sua força de vontade.

Levou a sério sua função "estratégica e financeira", o desventurado Garcia. Como sua ilha fica quase junto da terra firme, da qual somente está separada por um estreito braço, mandou que se abatessem algumas árvores a fim de fechar os fundos da casa fazendo "fosso fiscal" para impedir as tentativas de insociabilidade dos habitantes de "mau caráter" assim forçados a passar sob as vistas do agente.

Mistura de ironias antes tristes que vulgares... Decididamente, a vida é feita de fatos que mereceriam maior admiração do que a que lhes é concedida. E aqueles que morrem por algo que não sejam seus interesses particulares, estão sempre errados... Garcia cumpriu honestamente seu dever, aquele que lhe competia por seu cargo de agente de Mato Grosso. Nesta questão entre os dois estados, agiu como homem honesto e bom brasileiro. Sua morte serviu para demonstrar que "Mato Grosso estava errado, pois se Garcia tivesse descido em direção a Belém, estaria vivo hoje... E fez-se um pesado

[1] *No original, Lagine. (N. do T.)*

silêncio, tanto no sul como no norte da mesma pátria, sobre esse digno homem assassinado por índios brutais e desalmados..." Um sentido adeus, senhores felizardos que viveis nas vilas e nos campos, para aqueles que vão morrer, quase sempre sem sepultura, e até mesmo sem glória, nos lugares

Gravura 17 — A ex-coletoria de Mato Grosso, no Tapajós.

selvagens que descobrimos para vos enriquecer, nós outros que somos doentes, sem dúvida, de vez que conhecemos a vida, apesar de tudo, prosseguimos predestinados pioneiros-mártires da civilização do amanhã!" Haveria, creio eu, algo desta filosofia nos últimos tristes pensamentos de Garcia antes de morrer.

Mas deixemos os vencidos. A vida é breve. É tirar-se o chapéu, saudar-se e ir-se embora.

CAPÍTULO IV

O Alto-Tapajós e o São Manuel — os mundurucus e os romanos. — O Rio Bararati e os Pariná-iá-Bararati — Serra da Navalha - Seringueiros e cortadores de cabeças — A região de São Tomé — Paulo Leite e sua Cachoeira de Todos os Santos — Uma vida heroica — Salto de São Simão — Os Índios apiacás — Cachoeira do Labirinto Gomes — Benedito — Cachoeira de — São Florêncio — Maloca do Bananal Grande — Cachoeira da Misericórdia — Cachoeira do Canal do Inferno — Cachoeira do Banco de Santa Úrsula — Cachoeira de Santa Iria — Cachoeira de São Rafael.

Uma vasta extensão d'água diante de nós: o São Manuel a leste e o Alto-Tapajós a oeste.

Na cartografia local, estes dois rios ganham nomes bizarros. O Alto-Tapajós é chamado Juruena, e o São Manuel, Rio das Três Barras, ou ainda Paranatinga...

É difícil dizer de onde vem esse nome de Rio das Três Barras, isso é, rio da tríplice confluência. Com efeito, tais tipos de confluências, com um pouco de boa vontade, podem ser encontrados com grande frequência no percurso de todos os rios.

O São Manuel tem por principal formador, nos confins de Mato Grosso, o Paranatinga. Este recebe dois afluentes, ambos pela margem esquerda: o Rio Verde (ou Rio Fresco?), mais acima, que é quase tão importante quanto o Paranatinga, e, abaixo, o São Manuel, menos importante, mas que dá seu nome ao curso d'água do qual não é sequer um dos formadores, e sim mero tributário. A denominação de Três Barras, atribuída por vezes ao São Manuel, mas atualmente caída em desuso, provém do fato de que se considerava este rio como tendo três formadores: o Paranatinga, o Verde e o São Manuel.

O Alto-Tapajós tem por formador principal o Arinos, igualmente oriundo do Planalto Matogrossense. Só depois de receber o Juruena, também Proveniente das terras altas de Mato Grosso, é que o Arinos perde seu nome para receber a denominação de Tapajós. É pelo nome de Alto-Tapajós que se costuma designar o rio depois da enseada que formam, ao encontrarem, o Arinos e o Juruena. O nome persiste até à confluência do São Manuel, depois do que passa o rio a chamar-se simplesmente Tapajós até sua foz em Santarém.

Entramos no Alto-Tapajós. Uma verdadeira viagem em família! O excelente Maurício e seu amigo Vicente, sabendo que não sou um explorador do gênero fanfarrão ou empertigado, vão-me contando, enquanto faço meu levantamento, todas as coisas locais que julgam de natureza a me interessar de algum modo.

Vemos primeiramente a maloca do tuxaua mundurucu Mateus, que geralmente aí se encontra, com seus mundurucus das campinas ou alguns do Sucunduri. Hoje, porém, mestre Mateus está ausente. Entre os vizinhos, alguns dizem que ele saiu para descobrir um seringal, e outros que ele deve simplesmente estar rodeando alguma tribo vizinha, à espreita de alguma pilhagem ou de algumas cabeças para cortar... Não que este mundurucu seja pior do que os outros, mas é que faz parte dos costumes de sua nação sair periodicamente para causar estragos nas propriedades dos vizinhos que não falam a nobre língua dos "Caras Pretas". Os antigos romanos jamais compreenderam outra espécie de civilização.

Um pouco acima da maloca de Mateus, o Alto-Tapajós recebe, pela margem esquerda, o Igarapé do Aximari e o Rio Bararati.

O Igarapé do Aximari não tem mais do que 20 metros de largura na foz; no entanto, um pouco acima, ele é mais espraiado e atinge o dobro daquela largura. Mais acima, apresenta diversas cachoeiras que possuem entre si profundas bacias. É muito piscoso, especialmente por não se encontrarem em suas margens nem índios, nem civilizados.

O Rio Bararati é razoavelmente importante. É navegável por oito dias em igarité. Tem largura medíocre, mas é bastante profundo. Seu curso acompanha o do Sucunduri a uma pequena distância. Na sua bacia, têm-se procurado campos em vão.

Subindo o Bararati em igarité, ao fim de oito dias, encontra-se uma primeira maloca mundurucu, que está um pouco acima da primeira cachoeira. Um pouco mais a montante, acha-se outra maloca mundurucu menos importante do que essa.

Segundo consta, acima dessa primeira cachoeira viveriam, nas vizinhanças dos mundurucus, os índios chamados pariuaia-bararati, acerca dos quais só consegui obter informações vagas e destituídas de interesse.

O Bararati é um curso lento, sensivelmente paralelo ao Tapajós, do qual não se afasta mais do que a dois dias de marcha. Na região das cabeceiras, aproxima-se do grande rio a um dia de marcha. Dizem que receberia suas primeiras águas das montanhas que se estendem na região a sudoeste do Salto Augusto.

Na noite de 19 de outubro, chegamos à habitação de um tuxaua mundurucu, o primeiro a montante, chamado Antonico, um dos mais velhacos entre todos os outros índios que a civilização ainda tornou piores.

Defronte a este lugar, do outro lado do pequeno arquipélago das Ilhas das Onças e da grande praia de areia que também tem este nome, encontra-se, à margem direita, o conjunto montuoso da Navalha, uma pequena serra famosa por suas pedras de amolar de ótima qualidade.

Na extremidade meridional da Praia das Onças fica a Ilha da Maloca, onde os mundurucus do rio exploram seringais de alguma importância.

Conquanto se encontre um certo número de mundurucus trabalhando em seringais, isso não impede, de modo algum, que esses bons índios saiam todo ano em missão de guerra, com o único fim de raptar as crianças e trazer algumas cabeças para mumificar.

O tuxaua Filipe, cuja maloca recém-construída parece completamente abandonada, mesmo quando ele se encontra em casa, partiu, há uns meses, em busca de... não sei bem ao certo se de seringais ou de troféus.

Acima da Navalha e de Filipe, o rio começa a mudar um pouco de aspecto, estreitando-se em alguns trechos, tornando-se mais raras as praias de areia e apresentando maior profundidade.

Acima da região de Goiabal (com um rápido, um igarapé e uma ilha deste nome), essas características acentuam-se durante algumas horas. Na margem esquerda, a uma distância relativamente pequena no interior mas não visíveis da margem, erguem-se seis cumes montanhosos, ao que se diz, em cadeia contínua, com orientação noroeste-sudeste. Consta haver borracha nos flancos desses morros. Aliás, nessa região entre as bordas do Alto-Tapajós e as serras centrais, a borracha é abundante por todo lado, sobretudo nas incontáveis e enormes ilhas e à beira dos lagos interiores, como por exemplo na borda esquerda do lago de Cândido Pinto e nas grandes ilhas de Carapanãnzinho e Carapanatuba, que estão um pouco acima.

Quase imediatamente acima do pequeno arquipélago formado pelas ilhas de Carapanãnzinho, Carapanatuba, Enxugadouro, Baixio de Areia, do Gonçalo e do Casimiro encontram-se, na Enseada de São Tomé, os primeiros rápidos que anunciam as grandes cachoeiras do Alto-Tapajós.

Quarta-feira, 23 de outubro, às quatro da tarde, chegamos à casa de Paulo Leite, depois de ter deixado minha igarité abaixo da Cachoeira de Todos os Santos e tomado a canoa que me foi buscar acima do banco da cachoeira, enorme amontoado de pedras e rochedos que têm entre 200 e 300 metros de comprimento, permitindo uma travessia saltando de pedra em pedra, por entre uma vegetação de arbustos enfezados e continuamente expostos ao sol.

Esta Cachoeira de *Todos os Santos*, ou de *Paulo Leite*, é subindo o rio, a primeira das cachoeiras do Alto-Tapajós, sendo o Salto Augusto a vigésima. A Cachoeira de Todos os Santos tem por limite, a jusante, o Igarapé de São Tomé.

O São Tomé, geralmente tido como igarapé (se bem que, de acordo com a língua geográfica local, tenha suficiente importância para ser considerado um rio), é um curso d'água apertado, de largura muito desigual, correndo entre montanhas que estrangulam consideravelmente seu leito. O pessoal de Paulo Leite extrai borracha na faixa do vale que começa a dois dias de canoa da foz e vai a até um dia acima do trecho em que, a três dias da embocadura, o São Tomé se divide, subindo seu curso, em três: o braço meridional, que conserva o nome de São Tomé; o central, que ladeia o Tapajós bem de perto, e o setentrional, que acompanha o São Manuel. O ponto inicial desta tríplice junção estaria quase a nordeste do Salto Augusto, à altura de São Lucas ou de São Gabriel. Abaixo da trijunção, o São Tomé apenas apresenta trechos rasos e pedregosos, mas nada de cachoeiras; começam acima das três barras, quando o rio cruza uma cadeia que parece estender-se de Salto Augusto a Sete Quedas. A água do São Tomé não é salubre, pois o igarapé é alimentado por numerosos lagos de águas nocivas.

Gravura 18 — Paulo da Silva Leite.

Sobre as serras do São Tomé foram encontrados imensos salsais e importantes copaibais. A borracha é comum por todo lado. Devem-se por fim mencionar, nas proximidades do São Tomé, os numerosos lagos, bastante amplos e piscosos, apesar do considerável contingente dos seringueiros de Paulo Leite que aí trabalham há alguns anos.

A Cachoeira de Paulo Leite ou de Todos os Santos compõe-se de três travessões que são, de jusante a montante, os do Banco, da Campina e de Paulo Leite. O banco que, pouco abaixo da casa de Paulo Leite, corta o rio na maior parte de sua largura, fica durante a maior parte do ano completamente ligado à margem esquerda, não deixando senão uma passagem à direita, por onde todo o rio passa com violência, apresentando, conforme a estação, um desnivelamento de um a três metros. Uma vez transposta a passagem do Banco, toma-se o Canal da Campina, apertado entre o pequeno campo pedregoso da margem direita e os rochedos emersos. Esse canal passa na realidade da correnteza violenta que desce do Travessão de Paulo Leite, ligando-o ao Travessão do Banco. O travessão que leva o nome de Paulo Leite localiza-se um pouco acima de sua atual casa, num trecho onde o rio, coalhado de ilhas, fica estrangulado entre duas pontas.

Paulo Leite, que se estabeleceu defronte à cachoeira que, no Alto-Tapajós, já começa a ser designada pelo seu nome — "Cachoeira de Paulo Leite" — e que criou na margem esquerda da antiga Todos os Santos um dos centros mais importantes do Tapajós, é um mato-grossense de menos de trinta anos de idade.

Vida movimentada, a de meu amigo Paulo da Silva Leite, e bem digna de servir como tema de um romance de algum Fenimore Cooper.

Criado em Cuiabá por seus pais, tão pobres que não tinham condições de lhe dar sequer a instrução primária, foi tomado um dia, qual Robinson, por visões, e, com um livro qualquer que trouxe consigo para acabar de soletrar em viagem, partiu o nosso pequeno Paulo, descendo o Arinos e o Alto-Tapajós, dependendo da boa vontade dos companheiros de viagem, a qual, além de bastante rara, nem sempre era muito mais segura que a dos tapanhumas mais próximos. É a vida heroica, nesses ermos! E os camaradas que aí vão em busca de aventuras, nunca se recomendam por sua urbanidade e benevolência.

Paulo Leite tinha então quinze anos. Durante os poucos anos que precederam essa maturidade precoce que a vida nos descampados acarreta, nosso aventuroso rapaz viveu de seringal em seringal, sempre acossado pela ideia fixa de criar um grande estabelecimento somente seu, bem afastado de toda a civilização, mas ao lado de uma tribo indígena.

Suas instalações provisórias, primeiro acima, depois abaixo do Salto Augusto, seriam longas de enumerar. Após muitas vicissitudes, avançando sempre para o norte, e também sempre atrás da independência e da fortuna, chegou a Todos os Santos com os apiacás que tinha conquistado pela firmeza e retidão de seus procedimentos.

Já faz seis anos que ele se estabeleceu em Todos os Santos, sentinela do Alto-Tapajós, patrão e protetor dos apiacás. Seu exemplo é encorajador, e demonstra que sempre é possível triunfar, até mesmo quando se merece...

É verdade que ele encontrou em seu caminho um homem honesto, Maurício, que o tem ajudado, além de lhe ter dado sua filha.

Hoje em dia, Paulo Leite é um grande produtor de borracha, praticamente chefia uma tribo indígena e, o que o dignifica sobremaneira, propõe-se agora a reunir em torno de si todos os apiacás e dedicar-se em grande escala à criação nas pastagens artificiais que começou a cultivar entre sua cachoeira e o Salto de São Simão. E aqui estou aos seus cuidados. Maurício retornou a Pesqueirinho dia 26, por isso sigo com meu novo amigo para uma nova etapa, a última no Alto-Tapajós, a etapa de Salto Augusto.

VIAGEM AO SALTO AUGUSTO (5 de novembro — 19 de novembro) — Tendo saído somente ao meio dia, chegamos duas horas mais tarde ao pé do Salto de São Simão, onde desenhamos algumas vistas da queda. Como não seria possível passar antes da noite esta importante cachoeira, descemos um pouco o rio e fomos dormir na casa de Antônio Pereira Mendes, um dos homens de Paulo Leite.

No dia seguinte, passamos o São Simão e o Labirinto.

O Salto de São Simão tem, depois do Salto Augusto, a mais bela catarata do Tapajós, sendo ambos os únicos que possuem "queda d'água" propriamente dita. Este salto também é, de certa maneira, um limite zoológico: os botos e as tartarugas que até aí se encontram, não mais aparecem, ao que se afirma, acima deste ponto.

A cachoeira barra o rio completamente de leste a oeste. O rio desce por três brechas abertas lateralmente no maciço rochoso que provoca o salto. Essa muralha rochosa, vista de baixo, dá, sem grande esforço de imaginação a ideia de embasamentos semidestruídos de alguma cidade ciclópica. A fenda

Gravura 19 — A casa e o pessoal de Paulo da Silva Leite.

mais alta, mas que também é a mais estreita, é a brecha central, pela qual se precipitam, de 7 a 8 metros de altura, as águas superiores que desabam furiosas e em torrentes de espumas brancas ao pé da inabalável muralha. A brecha oriental, junto à terra firme, está um pouco mais recuada e parece antes rolar pelas paredes íngremes de um funil do que despencar perpendicularmente das alturas escarpadas de um promotório, como acontece na queda central. A brecha ocidental, a maior, não chega sequer a ser uma fenda, pois a metade do rio passa por ela. E, no final de uma série de fracas declividades que se sucedem como os degraus de uma escadaria, tem-se um salto brusco de 2 a 3 metros, cujos rastos de águas agitadas cobrem uma praia de areia, rochas e cascalho que se estende defronte à queda, a jusante, na margem ocidental.

Atrás da brecha central, estendendo-se a montante por cerca de 500 metros, encontra-se uma via natural de uns trinta metros de comprimento, que dá verdadeiramente a impressão de ter sido pavimentada. Fissuras quadriculadas foram produzidas na massa rochosa, e as águas da meia-estiagem nivelaram e poliram os rochedos, limpando-os para um curso mais rápido.

Algumas das massas rochosas que constituem a estrutura desses saltos e rápidos são amiúde de consistência mais mole do que se imaginaria à primeira vista, e, com o passar dos séculos, a pedra vai-se desgastando, enquanto a queda, lentamente, muda de posição e de aspecto. Em São Simão, como na maior parte das quedas e dos rápidos do Alto-Tapajós, encontra-se com bastante frequência, entre outras formações de consistência mais rija, a rocha arenácea e tenra que, em determinados casos, fortemente comprimida, pode ser utilizada como pedra de amolar.

Gravura 20 — Salto de São Simão, margem direita.

Fica na margem direita o caminho que contorna São Simão. Esta trilha atravessa uma pequena região verdadeiramente estranha. Aí,é um descampado coalhado de rochedos muitos dos quais lembram monólitos de alguns metros de altura, espécies de pedras tumulares de todas as dimensões e formas, de pé ou deitados, como obeliscos inacabados ou deformados. Seu aspecto geral é o de velhas ruínas muito mal conservadas e de arquiteturas muito primitivas. O caminho, entre matos crestados, passa no meio das ruínas de túmulos desconhecidos e de monumentos de um indescritível exotismo. Nesta época do ano, tudo aqui está negro. Estão queimados os matos que invadiam o caminho e que escondiam as serpentes. O capim está rarefeito, permitindo que se veja sobre a terra um tapete de cinzas negras. Os rochedos fantásticos, primitivamente cinzentos ou amarelados, estão enegrecidos e sujos, e as recentes fumaças do incêndio, que ainda flutuam no céu desolado, põem feias manchas de fuligem no azul que quase desapareceu acima delas. Palmeiras mirradas que não atingem 3 metros de altura, algumas raras árvores grandes de folhagens ressecadas, mas que por vezes, ostentam um penacho de folhas verdes no cimo — e é essa a paisagem ruiniforme com que se depara ao passar pelo caminho do São Simão.

Entretanto, embora pitoresco, este "descarregador" não deixa de ser detestável. Com uma igarité carregada, perdem-se inevitavelmente uns dois ou três dias para passar as bagagens pelo "campo das ruínas". Em perda de tempo, São Simão compara-se à Cachoeira de Apuí, que é contudo mais bela, menos fechada e com um rio pelo menos quatro ou cinco vezes mais largo na sua parte livre.

Além de São Simão, após termos passado por entre diversas ilhotas vencendo as aceleradas correntezas do rio que pouco abaixo se precipita no grande salto, atingimos a primeira aldeia apiacá do lado norte, a de Correia.

Paulo Leite, que é um misto de conselheiro-mor e *pater famílias* desses índios, faz-me as honras da maloca de João Correia.

Essas aldeias apiacás apresentam um curioso contraste que, embora não seja incomum nas regiões indígenas, não deixa de ser singular: refiro-me à mistura de hábitos de uma civilização superior com os costumes mais primitivos de barbárie propriamente dita. Os homens andam tão completamente vestidos quanto os civilizados do interior, e as mulheres inteiramente despidas, sem a mais simples peça de vestuário ou ornamento. Essas mulheres e moças em trajes de Eva, parecem de fato tão decentes quanto qualquer jovem herdeira exibindo suas graças em um salão. Essas mesmas mulheres e moças, quando têm de ir à casa do patrão, põem uma roupinha qualquer que se apressam em tirar tão logo retornam, de vez que tais "enfeite" constituem, no seu modo de pensar, uma "coisa incômoda". Em contrapartida, o homem não se desfaz jamais das três peças de vestuário que consagram como civilizado o índio selvagem: calça, camisa e chapéu. O homem vestido, a mulher nua; a poligamia generalizada, mas cuidadosamente dissimulada, e, acima de tudo isso, bons costumes, uma relativa integridade, espírito de labor, de iniciativa e de progresso. É estranha a ação exercida pela civilização, através desses ermos, sobre este primitivo animal humano, que não passará, em breve, de uma simples recordação!...

Gravura 21 – Salto de São Simão, margem esquerda.

Deixando João Correia encontramos, pouco acima, uma grande piroga que de longe parecia conduzida por estátuas de cobre vermelho. São mulheres da aldeia que voltam da roça com uma provisão de mandioca. Não imaginando encontrar "os brancos" em seu caminho, essas oito ou dez mulheres não tinham trazido consigo pano suficiente para confeccionar sequer um lenço. Vendo "os brancos" virem a seu encontro, remam com mais disposição e, trocando algumas palavras conosco, delizam, rápidas, sobre as águas que descem, deixando em nossos ouvidos o som da canoa conduzida velozmente, e em nossos olhos uma visão de negros cabelos soltos, de bustos e torsos vermelhos animados de movimentos enérgicos mas graciosos.

Pouco acima, chegamos à Cachoeira do Labirinto.

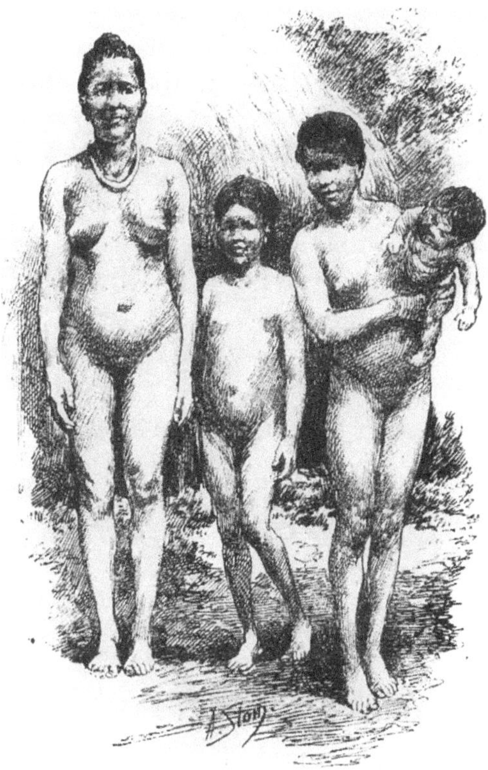

Gravura 22 — Jovens apiacás.

A *Cachoeira do Labirinto* foi assim denominada porque, na estação seca, quem não conhece muito bem seu caminho, arrisca-se frequentemente a tomar por uma passagem que o levará, ao fim de algumas remadas, ao... seco! E terá de retornar pelo mesmo caminho, a fim de procurar outra passagem mais favorável. Por onde passamos, sempre tivemos água suficiente, de vez que o Alto-Tapajós não tem segredos para Paulo Leite e seus apiacás.

Labirinto, como a maioria das quedas desta bacia, apresenta "arquiteturas" singulares. Baixos-relevos, colunas, pilastras; arte grega, ciclópica, druídica...

tudo ali se encontra esboçado. A irisação das espumas, os flocos de nuvens bistradas sob o anil profundo do céu, os pios breves das aves de alto voo perseguindo-se entre a gaze das cascatas e o algodão das nuvens em movimento, o alegre verde das ilhas e das margens, a grave majestade dos altos rochedos espalhados aqui e ali: um quadro para um idílio nos ermos!

Gravura 23 — Grupo de mulheres apiacás.

Talvez tudo isso tenha compelido José Gomes, tuxaua do Labirinto, a aí se estabelecer. José Gomes é um mestiço de Mato Grosso, mas não é somente caboclo, deve ter, além do sangue branco, alguma porção de sangue negro.

José Gomes tem uns cinquenta anos. Na juventude, foi soldado de polícia em Mato Grosso. Quando deu baixa, tornou-se primeiramente sertanejo, depois apiacá, depois tuxaua, o que não o impediu de se ter conservado até hoje razoavelmente civilizado. Civilizado, mas honesto! De fato, este suserano relativamente autônomo de um pequeno clã apiacá onde predominam "moçoilas", parece tão decente na sua vida privada quanto é escrupulosamente íntegro nas suas relações de negócios. Tornando-se chefe de selvagens, o antigo soldado prosseguiu uma honesta e inteligente vocação.

A pequena ilha onde José Gomes estabeleceu seu modesto mas gracioso patriarcado, é uma ilhota redonda de solo fértil, flanqueada a montante por um prolongamento arenoso e pedregoso. Tudo isso não daria para sustentar um quarto de sua família. Por isso, fizeram-se roças na terra firme, invisíveis daqui, encobertas pela orla da floresta. Gomes desmatou completamente sua ilhota — salvo algumas árvores nas bordas, lá deixadas para pendurar os arreios nas horas quentes da jornada. Gomes fez este desmatamento com fins estratégicos, para melhor ver chegarem os tapanhumas e poder lutar contra eles com maior eficiência durante as trevas traiçoeiras que esses índios celerados escolhem especialmente a fim de melhor assegurar o sucesso de seus ataques. Gomes sabe por que deve ficar de sobreaviso com esses tapanhunas: eles mataram há uns quatro anos, na Cachoeira da Misericórdia, uma menina da sua tribo, cujos pais não puderam sequer tentar vingá-la. Dois anos mais tarde, em 1893, os mesmos tapanhunas incendiaram uma aldeia proveniente da sua, a do Bananal Grande, acima da Cachoeira de São Florêncio. Daqui para cima, a região começa a não ser das mais segura...

A pequena tribo de Gomes é a mesma que a de Correia, mas com alguma mistura de sangue negro em quantidade pequena, o bastante para não lhes alterar o tipo indígena, mas suficiente para lhes aumentar um pouco a estatura e escurecer-lhes o acobreado da pele, adelgaçando-lhes o talhe e embelezando-lhes os dentes.

No que se refere ao vestuário dos homens e das mulheres, é o mesmo nas quatro aldeias apiacás; há alguns casos de "inversões", mas via de regra, as mulheres andam sempre despidas e os homens semivestidos. Foi da maloca de Gomes que partiu, a 17 de setembro de 1895, com alguns apiacás, o Alferes Fortunato que dirigiu a Coletoria após a morte de Garcia. Não se tem ainda qualquer notícia do sucesso desta viagem...

Da aldeia de Gomes à de Benedito, há dois grandes "estirões", isso é, duas grandes retas no rio: o estirão do Labirinto e o da Fortaleza.

O estirão do Labirinto, que vai em linha reta do Morro da Fortaleza à cachoeira que fica abaixo, parece constituir uma localização excelente para o estabelecimento de uma cidade. Uma campina à margem esquerda, terrenos de vegetação densa por todos os lados, montanhas no interior: o lugar parece ser tão fecundo quanto é belo.

O Morro da Fortaleza, na margem direita, é uma montanha rochosa que lembra as de Quataquara e São Benedito, exceto por não estar a pique sobre a borda do rio, mas sim a uma centena de metros no interior, por trás dos rochedos e das ilhotas. Do rio, apenas se podem divisar, por entre a floresta, os escarpamentos à meia altura da montanha, uma espécie de cornija de rochedos, saliente, com bastiões a prumo, dando a ideia de uma fortaleza.

Chegamos, com um céu negro de trovoada prenunciando a chuva que cairia durante toda a noite, à maloca do excelente apiacá Benedito, o capitão, ou seja, o tuxaua, ou melhor ainda o chefe desta aldeia, aqui abaixo de São Florêncio.

Benedito é moderno: cinco minutos depois de nossa chegada e já não havia sequer uma mulher em "trajes" nacionais! Cobriram-se todas com vestidos indígenas amarfanhados, que não lhes caem bem. Já denotam progresso, as civilizadas de Benedito!

Se o bom tuxaua produzir bastante borracha, as senhoras dirão "*Shocking*!" e aí ficarão elegantes quanto às puritanas. E, contudo, trata-se de um sujeito laborioso, serviçal e leal, este Benedito... De resto, malgrado suas prevenções um pouco indelicadas quanto às mulheres de sua casa, não o suponho capaz, tanto quanto posso julgá-lo, de se tornar um apóstolo de emancipação feminina!...

Gravura 24 — O capitão apiacá Benedito.

Todavia, sendo os costumes dos semivestidos primitivos tão suspeitos quanto os nossos, e as poucas ideias "práticas" que sua vida limitada lhes sugere, incitando-os não menos do que a nós a serem espertos, sempre receio descobrir em qualquer um desses sagazes selvagens não de todo habituados ao uso das calças. ... um dos meus futuros presidentes do Conselho de Ministros! Os aventureiros arameus e cuxitas por certo tornar-se-ão, algum dia, os senhores do mundo. "Receio apenas" — diziam nossos avós — "que caia o céu". Soulouque e Iscariotes são hoje mais perigosos que as vinganças de um céu que parece só ter sorrisos para os fariseus, ainda que fossem estes metade macacos! Jamais o triste ofício de homem honesto foi tão ingrato quanto nos tempos que correm.

Mas anda, meu bom tuxaua Benedito, põe tua calça e tua camisa branca. Teu estômago não é forte o bastante para que aceites a civilização sem te

[1] *Imperador haitiano cujo governo foi caracterizado pelo terror e pela violência. (N. do T.)*

intoxicares. Vai em frente! Antes que fiques muito velho, alcançaremos a época em que a História final dos homens dirá: "Naquele tempo, a humanidade era feliz..."

Até que tal se dê, sorri, rema e não penses em coisa alguma; a vida é breve e a ilusão ensombrece os amanhãs.

Benedito, apiacá ingênuo, mas bem vestido, a quem só falta um banqueiro com os cofres abertos e um cavalo de "físico" especial para que te pareça com um dos nossos grandes homens, vai e tem paciência, mas não te civilizes demais. Os desgraçados do decadente e enlouquecido Ocidente vão por toda a parte semeando grão da boa erva que germinará na capoeira[1] deste velho mundo. O homem concederá a anistia, também compreendem as parábolas, posso acrescentar: Para os vencedores e os anistiados, após os primeiros grandes combates onde todos, mesmo os que covarde ou hipocritamente foram escravos das velhas civilizações, recobrarão o uso da liberdade e do machado e da vitória, abre, apiacá, abre tuas terras virgens! Os velhos do mundo, regenerados nas águas rubras e rebrilhantes da Nova Juvêncio, virão procurar nas florestas apiacás a hospitalidade dos novos tempos. E ali, sob as florestas de raízes mais antigas que as primeiras eras do homem, sepultar-se-ão, no solo sulcado e revirado até o fundo, e serão aí esquecidos para sempre, para que apodreçam sem deixar uma recordação ou exalar um miasma, os arquivos da Antiga Humanidade, a Malvada...

Mas, por enquanto, Benedito vai-nos acompanhar ao Salto Augusto — é hábil patrão e flechador: as cachoeiras e os peixes nos serão favoráveis.

Passado o Rápido da Dobração (dobração: é preciso "dobrar" a tripulação para passar), chega-se às primeiras "pedrarias" da Cachoeira de São Florêncio. Trata-se de uma região onde a floresta desapareceu quase que por completo, cedendo lugar a extensões pedregosas que dão perfeitamente o aspecto de uma praça pública mal pavimentada, ou então de um imenso banco monolítico cobrindo a terra em todas as direções (uma "laje"), ou ainda de blocos enormes ou médios, de todas as formas e dimensões, dispersados ou jogados ao acaso, uns amontoados, outros desmoronados, ocupando vastas extensões, e não deixando crescer senão árvores e arbustos mirrados e sem viço. E por todo lado, vegetações de pântano por entre os rochedos sempre úmidos, quando não inundados.

A Cachoeira de São Florêncio despeja sua correnteza enorme e agitada no meio de uma encantadora paisagem de ilhotas com uma vegetação alegre e densa que domina ao último plano, por trás das lajes das duas margens, sobre as montanhas que agora rebrilham como metal sob os raios do sol de meio-dia.

Na margem esquerda, a pique sobre a borda do Tapajós, os morros de Florêncio, cuja massa abrupta se ergue, defronte à cachoeira, numa muralha de 30 a 40 metros de altura.

Um pouco acima da Cachoeira de São Florêncio, na margem direita, há uma maloca que tem sua história, a do Bananal Grande.

---

[1] *Capoeira: vestígios de antigas culturas abandonadas. (N. do A.)*

Esta maloca não passa hoje de precária coberta numa roça em mau estado. É esta a maloca que foi, há cerca de três anos, incendiada pelos tapanhunas durante a ausência do pessoal da casa. O bananal propriamente dito estende-se da margem onde se localizava a maloca e onde fica atualmente a coberta até ao Igarapé da Cabeceira do São Florêncio, situado um pouco abaixo. Esse bananal não pode ser visto da margem, inútil precaução que não impediu os tapanhunas, vândalos terríveis, de queimarem a maloca e saquearem à vontade o campo das bananeiras, — que seus donos até hoje não conseguiram restaurar e restabelecer em seu estado primitivo. Apesar do grande consumo de bananas das aldeias apiacás (que consideram o bananal de São Florêncio como uma propriedade comum e lá vão alternadamente carregar suas canoas de bananas e outros frutos), ainda é possível hoje em dia ir-se ao bananal para carregar duas ou três igarités.

A aldeia que o pessoal do Bananal fundou no Igarapé da Cachoeira depois da visita dos tapanhunas ainda é pouco importante. Encontra-se a três ou quatro horas de marcha daqui, e só pode ser alcançada por terra por não ser navegável o igarapé, todo interrompido por troncos de árvores. Foi a pretexto de ali extraírem a borracha que os do Bananal se mudaram para os altos do Igarapé da Cabeceira, pois a região parece muito rica em seringais. Entretanto, os apiacás de João Gomes que fundaram a maloca do Bananal e depois a do Igarapé da Cabeceira, são conhecidos como sendo os índios mais preguiçosos da região, sendo o rendimento de trabalho de um desses indolentes seringueiros, no fim da estação, de apenas 10 a 15 quilos de borracha. A esse trabalho e à exploração de uma pequena plantação de mandioca limita-se a sua indústria.

Na extremidade de cima do comprido estirão da Cachoeira do São Florêncio, chega-se aos rápidos da Dobração da Misericórdia, abaixo da cachoeira de mesmo nome. Desses rápidos à Cachoeira da Misericórdia, o rio é cercado pelos dois lados, mas principalmente à margem esquerda, por consideráveis rochedos de 5 a 10 metros de altura, quebrados em ângulos bruscos e acentuadamente salientes. Uma estratificação horizontal bem visível dá a essas massas rochosas a aparência de uma construção edificada por mãos humanas. Vegetações mirradas acumulam-se no alto dessas massas de pedra.

A Cachoeira da Misericórdia forma-se do lado esquerdo do rio, num ângulo brusco deste que, numa curva, precipita-se em queda entre as "pedrarias" da margem e os amontoados de rochas que escondem o fundo de seu leito. Levados pela furiosa correnteza, os infelizes que não conseguiram dominar o impulso de sua canoa não podem senão gritar "Misericórdia!" ao se verem precipitados no vértice onde os aguardam as pontas agudas e mortais dos rochedos. As águas violentas espenham-se em ângulo reto sobre os rochedos que parecem tremer, e a enorme massa líquida, bruscamente repelida em outra direção, volta-se sobre si própria num formidável cachão; depois, transpondo com um pulo violento a última declividade, espalha-se em rastos de espumas brancas no leito do rio de novo tranquilo.

As bagagens são transportadas por terra. O caminho tem menos de 200 metros de comprimento, mas é um dos piores do Tapajós. Tem-se que subir e descer, galgando e escorregando de um rochedo difícil a um rochedo perigoso. Conquanto menos extenso que o "descarregador" de São Florêncio ou de São Simão, seu percurso continuamente inspira inquietações. Quanto às embarcações, estas passam pelo varadouro quando há bastante água, do contrário é preciso costear a grande queda procurando uma passagem entre os rochedos que recortam os canais, e cuja configuração varia com o nível das águas.

Acima da Cachoeira da Misericórdia fica, na margem, uma pequena praia de areia de sinistra fama, a Praia dos Tapanhunas, que esses índios atravessaram há três anos, quando vieram incendiar a maloca do Bananal Grande.

Gravura 25 — Cachoeira de São Florêncio.

Depois, até à Cachoeira do Canal do Inferno, passa-se por um comprido estirão com margens orladas de vegetações ressecadas e, à direita, intermináveis lajes com matos ralos e raros, estendendo-se até ao pé da cadeia de colinas ali perto, com o aspecto de uma Arábia Pétrea que tivesse conservado os traços de antigas e recentes inundações.

As águas da Cachoeira do Canal do Inferno precipitam-se com toda a sua força à esquerda do rio, entre a terra firme e uma ilhota montanhosa e pedregosa do meio do leito. Ordinariamente, não se arrisca a passar a grande queda: toma-se o canal oriental, entre a ilhota e as lajes da margem direita. Nossa montaria passa sem grande dificuldade, pois só tem 60 arrobas; entretanto, em todas as cachoeiras temos de descarregar completamente as poucas bagagens que trazemos.

Enquanto a canoa passa, completamente vazia, e os homens vão dentro d'água puxando-a contra as correntezas mais ou menos violentas, ficando dois a bordo a fim de manobrar a embarcação com varas, os passageiros seguem pela laje, fazendo rodeios para evitar as águas estagnadas e as vivas, paradas ou correndo nos sulcos das grandes lápides de pedra lixadas pelas águas e pelos anos. Dá-se, por vezes, uma volta muito comprida, e depois de haver experimentado por um quarto de hora a sensação de estar-se perdido entre as urzes e as pedras, chega-se à parte de cima e fica-se à espera. Os homens rebocam a montaria à contra-corrente, içam-na por cima da queda resfolegando e desferindo, para se animarem, gritos bizarros, e logo aparecem na parte de cima, sempre alegres e prontos para recomeçarem daí a uma hora, se for preciso, sua árdua tarefa, talvez a mais penosa que jamais pesou sobre os braços de alguém. Os bravos canoeiros já avistaram o rochedo onde "os brancos" os aguardam, e geralmente é fazendo retinir o ar com gritos álacres como os dos árabes em cavalgadas, que esses bons companheiros vêm procurar seu amigo branco, que durante todo este tempo esperou-os à sombra, depois de um ter dado um pequeno passeio sobre os rochedos. Nesses passeios são frequentes os achados insólitos: desta vez, foi o de uma cabeça mundurucu com os ossos quebrados. A peça anatômica tinha sido muito bem "preparada", sem dúvida pelos urubus, pois o esqueleto de um desses carniceiros jazia ao lado da cabeça do campineiro. Morreu o mundurucu por ter comido o urubu, ou morreu envenenado o urubu porque estava doente o mundurucu? Cruel dilema...

Imediatamente acima do Canal do Inferno, sobre a laje que se estende a até alguma distância a montante, fica a *Cachoeira do Bando de Santa Úrsula*. No meio do rio, e ocupando a metade de seu leito, um "banco" de rochedos perpendiculares à corrente e quase sempre a descoberto: é o Banco de Santa Úrsula. Banco de Santa Úrsula... este nome sempre me faz ficar imaginando... Um bloco rochoso que consegue estorvar a corrente de um grande rio, por certo não se trata de algo banal, mas fazer deste meio-dique, num curso d'água que em qualquer outra parte seria considerado um grande rio, um "banco" para que uma santa ali venha mergulhar seus cândidos pés na aterradora escuma das cataratas!... É verdade que lá em baixo, está o Canal do Inferno: protegei-nos, Santa Úrsula!...

Quer se passe pela grande corrente à esquerda do banco, quer pela brecha da margem direita, sempre são quase três metros a superar em um ângulo de 45 graus. Ora, saltos assim não se podem dar. E Santa Úrsula só pode mesmo é proteger-nos das luxações e dos escorregões, pois tanto passageiros quanto bagagens têm necessariamente de passar por terra, seja subindo, seja descendo; quer na vazante, quer na enchente.

Acima da Cachoeira de Santa Úrsula, a de Santa Iria. Uma ilha divide esta cachoeira em duas gargantas, precipitando-se suas águas com diferentes impetuosidades de acordo com a estação, mas sensivelmente com a mesma violência, se se considerar todo o transcorrer do ano. O canal a leste é o mais estreito, e foi o que tomamos por ser considerado o mais fácil. O rio desce pelo menos uns dois metros em Santa Iria. Nosso estreito canal oriental é, felizmente, muito apertado, devido à vegetação comum nos rios pedregosos. É uma quantidade de galhos que, mergulhando nas águas rápidas, são sacudidos como em espasmos nervosos: galhos que saúdam. Mas, quando se é um velho conhecedor de cachoeiras, não se acredita em águas funestas, até que nelas se afogue. Entre as ramagens que vibram nas águas tumultuosas e violentas do pequeno canal de Santa Iria, eis uma canoa de cortiça, de fabricação mundurucu. Pertenceria ao campineiro cuja cabeça repousa à entrada do Canal do Inferno, ao lado do esqueleto de um urubu? Os índios apiacás que me acompanham são bem mais indiferentes do que eu em relação a este mistério: "Alguns mundurucus que devem estar afogados; depois algum urubu bravo pegou a cabeçorra apodrecida de um desses bandidos..." De um homem para outro, quando este é desconhecido, eis as orações fúnebres que lhe são reservadas. Quando se trata de um conhecido, são-lhe magníficas, menos eloquentes mas tão verdadeiramente tocantes quanto as de Bossuet... "A morte de meu vizinho não deveria sinceramente me entristecer: como isso aumentou-se a terra em meu proveito!" Assim falou um velho chefe de meus amigos indígenas. "Um nascimento a mais traz um possível a mais, ao passo que uma morte deixa sempre um lugarzinho a ser tomado...", dizia-me um dia, confidencialmente, um famoso homem de estado. Mas, então, que humanidade é esta que, nos polos extremos da civilização e da selvageria, apresenta uma tão idêntica moral altruísta?...

A *Cachoeira de São Rafael*, dentro de uma ampla moldura de colinas, apresenta por todos os lados ilhas, ilhotas, rochedos e rápidos em tal quantidade que seria difícil fazer uma enumeração exata. O desnivelamento total é de no máximo uns 3 metros.

Estamos na nona cachoeira a partir da de Todos os Santos; restam-nos ainda nove antes de chegarmos ao Salto Augusto.

CAPÍTULO V

Cachoeira de São Gabriel. — Cachoeira da Dobração. — Cachoeira do Saival. — Cachoeira de São Lucas. — Cachoeira das Ondas. — Travessão do Banquinho. — Travessão Grande. — Cachoeira do Salsal.— Cachoeira das Furnas. — Cachoeira do Tocarizal. — Salto Augusto. — O que resta da expedição do Capitão Garcia. — Território contestado entre o Pará e o Mato Grosso. — Acima do Salto Augusto. — Retorno de Salto Augusto.

A *Cachoeira de São Gabriel*, que se encontra logo acima da de São Rafael, é uma corredeira muito forte que, no grande leito do rio, desce em ondas tumultuosas pelas quais não se arriscam as embarcações. A cachoeira apresenta à esquerda, entre a terra firme é uma ilha que não passa de uma grande laje na sua parte de cima, um canal estreito que dobra bruscamente em ângulo reto, defronte aos rochedos em muralha que se erguem a alguns metros de altura na margem esquerda.

Acima de São Gabriel, as margens, que depois das primeiras cachoeiras do Alto-Tapajós, encontramos recobertas frequentemente pela vegetação rara e raquítica das regiões pedregosas, apresentam em certos trechos uma rica terra arável onde surgem florestas bem desenvolvidas, de um verde desta vez não mais pálido e amarelado, mas com reflexos metálicos e negrejantes.

A *Cachoeira da Dobração* é apenas um rápido comum que nada apresenta de perigoso.

A *Cachoeira do Saival* está no mesmo caso. Chama-se de saival, na linguagem geográfica da Amazônia, a um braço de rio nas "pedrarias" e à vegetação típica dos rochedos dos rios. O "saival" que se encontra acima da Cachoeira da Dobração é um espécime dessa particularidade geográfica. "Varadouro", outro termo da geografia local, indica um caminho de canoa entre rochedos, imersos ou não, sobre toras roliças de madeira colocadas no leito do rio para facilitar a sua travessia.

A *Cachoeira de São Lucas* é uma das impetuosas corredeiras do Alto-Tapajós. Agora,ela já se apresenta perigosa, se bem que estejamos nas águas médias. O único canal praticável, mesmo nesta época, é o da esquerda, e parece que o outro canal, nas cheias, é efetivamente medonho.

A *Cachoeira das Ondas*, chamada por Chandless de "*Cachoeira da Laje de São Lucas*"[1] divide-se em cachoeira da direita e cachoeira da esquerda,

---

[1] *Cachoeira de São Lucas é o nome que ficou. A que aparece com este nome, no parágrafo anterior, é denominada realmente Cachoeira das Onças (N. do T.)*

separadas por três ilhas principais, estreitas e compridas, que se sucedem no sentido de corrente. Uma grande laje estende-se quase sem interrupção na margem direita, até quase defronte ao Igarapé das Ondas, importante afluente de quase 30 metros de largura na foz.

Logo acima do Igarapé das Ondas e de uma pequena campina igualmente à margem esquerda, vê-se um rochedo vertical, um pouco no interior, com sua fachada esbranquiçada que se ergue a 20 ou 25 metros de altura. Neste ponto encontram-se os *Travessões do Banquinho*, pequena cachoeira sem nada de perigoso, comparável à que fica mais acima, a do Travessão Grande (ou "Rebujo", de acordo com Chandless)[1].

Imediatamente acima do Travessão Grande começa a região do Salsal.

A *Cachoeira do Salsal* apresenta correntezas que são, quando muito, fortes. Esta cachoeira nunca se apresenta perigosa: compõe-se de rápidos estrepitosos, mais violentos ou mais tranquilos de acordo com a altura das águas, mas sempre inofensivos para quem conhece as cachoeiras.

No Salsal, o rio é flanqueado, na margem direita e a uma pequena distância no interior, por uma cadeia ininterrupta, a Cordilheira do Salsal, que se estenderia através das regiões centrais até, ao que se diz, acima do Salto Augusto. Quase à mesma altura, no São Manuel, desemboca um Igarapé do Salsal que é duplamente conhecido dos mundurucus por ser o caminho da salsa (salsaparrilha) e o caminho do Salto Augusto.

A "salsa", que deu seu nome aos acidentes geográficos do distrito, parece ser bastante abundante na região. Entretanto, sendo sua exploração considerada pouco lucrativa nos arredores das grandes cidades, é provável que não bastará este depurativo para motivar a colonização dos limites do Pará e do Mato Grosso.

A Cachoeira das Furnas é uma das consideráveis corredeiras do Alto-Tapajós, se bem que não apresente grandes dificuldades nem na subida, nem na descida.

Na entrada inferior, a grande ilha da cachoeira, a Ilha das Furnas, oferece, à direita, um caminho mais curto; infelizmente, o Paraná-Mirim da Ilha das Furnas fica quase seco durante o estio, e apresenta, nas cheias, pequenas cachoeiras tão temíveis quanto a cachoeira principal.

Foi na Ilha das Furnas que os mundurucus massacraram, não faz ainda dois anos, um pequeno grupo de tapanhunas que tinham vindo a essas paragens a fim de aí fazerem uma coleta de castanhas. Não sei se os mundurucus se esqueceram de decapitar os mortos, mas o que não se descuidaram foi de levar para suas terras a castanha recolhida pelos tapanhunas massacrados.

A Cachoeira das Furnas é ladeada à esquerda por algumas montanhas, uma das quais é rochosa e escalvada, e apresenta à margem direita, uma grande laje acompanhada em toda a sua extensão por uma enorme ilha igualmente de "pedrarias" e de vegetação pobre. Toma-se o canal da direita, onde o "saival" e seus prolongamentos não oferecem aos canoeiros senão muitas fadigas contra poucos perigos.

---

[1] *Trata-se da Cachoeira do Rebojo. (N. do T.)*

Da Cachoeira das Furnas à do Tocarizal, que fica acima, estende-se uma das regiões por onde outrora penou meu excelente "patrão" Paulo Leite. Meu digno amigo ali teve um seringal, pouco abaixo de um igarapé também da margem direita, onde começou a cultivar honrosas e frutuosas relações com a borracha. Isso foi em 1887; depois, o conhecimento tornou-se mais íntimo... De vez que esse riacho não tem qualquer denominação, quer "civilizada", quer indígena; sugiro que, para o futuro, seja chamado "Igarapé de Paulo Leite".

Hoje, sexta-feira, 15 de novembro, dia da festa nacional do Brasil, deixo a *Cachoeira do Tocarizal* para alcançar o Salto Augusto.

A cachoeira do Tocarizal é precedida, a jusante, por uma pequena enseada na qual se destaca, na parte superior, uma praia de areia com bordas a pique, com uns dois metros de altura acima do nível médio das águas, que descem ainda frementes da queda que ruge pouco acima.

Esta cachoeira pertence ao número daquelas que são mais barulhentas do que perigosas; pode-se passá-la sem empecilho, quase sem preocupação, por se estar absorvido pela ideia da vizinhança, humilhante para a pobre Tocarizal, do SALTO AUGUSTO.

Nada nos pode desviar o pensamento deste marco fronteiriço, ainda mais formidável porque se trata de obra realizada apenas pela natureza. Agora a paisagem adquire feições dramáticas: Eis uma árvore que foi abatida no último verão e despojada de sua casca por estranhos viandantes, que outros não podem ser senão os tapanhunas... Mas os apiacás não têm medo, conhecem o número de fuzis que temos a bordo e, além do mais, têm confiança em seu patrão Paulo Leite, o verdadeiro chefe desta boa e pequena tribo...

Sexta feira, 15 de novembro, 11 horas e 15 minutos da manhã: eis-nos no Salto Augusto!

O ilustre explorador Chandless foi o único, dos que conheço, que deixou desta queda d'água uma descrição aceitável, que merece ser reproduzida *in extenso* tanto quanto for possível. Ela é mais do que exata, é viva:

"O Salto Augusto", diz Chandless, "é o limite geralmente aceito entre Pará e o Mato Grosso, conquanto tal divisa não tenha sido ainda determinada por uma lei".

A cachoeira é dupla; o rio desce por dois canais, cada um dos quais apresenta três quedas.

A grande queda do lado esquerdo é muito alta, mas a massa d'água mais volumosa desce pela grande queda da direita com formidável estrondo.

O conjunto do salto, composto de duas quedas sobre o mesmo plano, mede cerca de 10 metros de altura. Logo abaixo, mas ainda fazendo parte do Conjunto, encontra-se um outro salto menos elevado.

Sob todos os aspectos, este salto é um limite natural entre Pará e Mato Grosso, "prossegue, de acordo com Ferreira Pena, o mesmo autor; os peixes são de escamas, e abaixo, peixes "de lama"; as florestas que ficam a jusante são mais ricas em produtos naturais, e também é aí a fronteira extrema da salsaparrilha, que não se conhece a sul deste ponto".

Gravura 26 — Salto Augusto: margem direita, a jusante. (Vista tomada da Laje).

Acima da foz, Salto Augusto é a primeira queda d'água onde há absoluta impossibilidade de se passar com canoas, grandes ou pequenas, senão por terra. Suspenderam-se as igarités ao alto do barraco da margem direita, fazendo-as deslizar sobre roletes colocados a um metro uns dos outros, e elas assim são transportadas à força de braço até uma pequena baía acima da queda. E para descer é preciso utilizar o mesmo processo. Um cão e uma caixa vazia precipitados do alto da cachoeira, ao chegarem em baixo estariam ela despedaçada e ele morto... e ainda poderiam desaparecer para sempre nos remoinhos da parte inferior.

Esse caminho de sirga do Salto Augusto foi aberto através da capoeira por um tal de Manuel Amazonas que, há uns cinquenta anos, foi enviado pelo Mato Grosso como Diretor dos Apiacás, que habitavam então bem mais acima, mas que ele tratou precisamente de fazer descer em direção à fronteira que desejava conquistar. O livre jogo do movimento econômico da Amazônia já resolveu atualmente a questão.

16 de novembro. A manhã foi deliciosa e aproveitei para visitar de novo e devagar este salto que deixará comigo uma das mais belas recordações de minha vida de viajante.

Logo abaixo da queda, a uns cinquenta metros quando muito, eis-nos sacudidos tanto pela emoção quanto pelas ondas. Daqui, vê-se um panorama novo. Surgem muralhas a pique ou em degraus, estratificadas horizontalmente, com arestas grosseiramente esculpidas.

Mas viemos pela margem direita, que é a do caminho por terra. A margem esquerda é ainda mais grandiosa. A queda se produz, do lado oeste, formando uma linha quebrada que chega, nas águas médias, a desenhar uma ferradura cuja curva fica a montante, sendo os lados formados pelas ilhotas do centro do rio e as grandes e descobertas lajes ciclópicas da margem esquerda. Na estação chuvosa, a água invade tudo isso e se precipita na gigantesca e monumental bacia que jamais se enche. A primeira queda se dá na grande bacia. A segunda ocorre como um enorme ricochete das águas, que saem pela fenda escavada na parte inferior da queda. A terceira lança as águas do alto de um dique rochoso que tem de 1,5 a 2 metros e que atravessa o rio em toda a sua largura.

A "grande queda superior", o "ricochete" e a "pequena queda inferior" são, entre ambas as margens e cada lado das ilhotas rochosas que ocupam o meio do rio, saltos duplos e absolutamente simétricos. No momento em que aqui nos encontramos, as "grandes quedas" têm, cada uma, quase 7 metros de altura, os "ricochetes" um metro e meio, e as "pequenas quedas" também um metro e meio.

O conjunto do Salto Augusto, que se pode descortinar de baixo muito bem, das grandes lajes da margem direita, e melhor ainda da margem esquerda, apresenta o mais completo contraste com a grande queda do Tapajós inferior, a segunda maior queda de todo o rio, a do Apuí. Apuí parece triste, fechada, baixa, como um fundo de poço. Salto Augusto, amplamente aberto, alegre, como uma prodigiosa muralha d'água que caísse do céu, com as cintilações, rutilâncias e irisações do sol.

Gigantescas castanheiras acima da linha das árvores cercam as grandes rochas nuas, as pedras lisas que estão por toda parte, fragmentos de arenito fino ou de esmeril que se usam como pedras de amolar, as orquídeas sobre os galhos de velhas árvores ou sobre os musgos dos rochedos, o rio que, a montante, vira-se bruscamente para o desconhecido, o estrondo permanente da maravilhosa cachoeira e, acima da coluna de vapor que se eleva no azul, os voos das aves em pleno céu, cruzando ou planando sobre o abismo...

Gravura 27 — Salto Augusto, a montante (margem direita).

E, como se fosse para acrescentar a esta harmonia grandiosa a nota de melancolia humana que lhe faltava, lá em cima, bem lá em cima, no porto a montante, à margem direita, a igarité do desventurado Garcia...

Tristes detalhes: no meio dessas surpreendentes belezas, é preciso tratar de fazer o inventário de um infortúnio.

A igarité de Garcia, ou melhor, do Governo de Mato Grosso, é uma embarcação grande de cerca de 400 arrobas (ou seja, por volta de 6000 quilos) de carga. Ali estava ela, encalhada num banco de rochedos; mas para evitar que as enchentes a arrastassem para a cachoeira, Paulo Leite teve a sábia precaução de mandar amarrá-la numa pequena baía, ao abrigo das correntezas.

Garcia trazia com ele castanhas e borracha. Quanto às castanhas, parece que trazia 45 sacos, porém alguns errantes mundurucus já se apropriaram de uma boa metade, para o preparo do horrível mingau que chamam de prato favorito do povo campineiro. Em relação às "peles" de borracha bruta, restam ainda três, de 400 quilos, sob um "rancho" que fica no caminho do salto. Estas não tardarão muito a figurar como produção de algum laborioso cara-preta do Alto-Tapajós ou do São Manuel. E quanto às roupas e objetos pessoais de Garcia, os sobreviventes da expedição, quando desceram o rio, deixaram-nos na maloca de José Gomes, onde se encontram dentro das malas cobertas por um lençol e colocadas sobre um jirau, ao abrigo da umidade.

E lá está, com a dolorosa lembrança de um honesto homem lamentavelmente assassinado e a necessidade de castigar exemplarmente uma horda de bandidos índios, tudo o que restou da odisseia do Capitão Garcia Júnior, enviado pelo Governo de "Mato Grosso para fundar uma coletoria na confluência do Alto-Tapajós com o São Manuel".

E a solução do litígio entre o Pará e o Mato Grosso não avançou sequer um passo.

TERRITÓRIO CONTESTADO ENTRE O PARÁ E O MATO GROSSO. — Embora nessas questões de "territórios litigiosos" nos tempos que ocorrem, a pólvora fale mais alto que os diplomatas, que me seja permitido aqui apresentar, em relação ao "Contestado" entre Pará e Mato Grosso, algumas considerações de ordem exclusivamente científica, fazendo-as preceder a narração de minha viagem ao São Manuel, a fim de apresentar, já de uma vez, as conclusões gerais.

Assim sendo, começarei por declinar de toda a competência no que tange aos documentos históricos que possam existir e que, neste caso, não são de minha alçada. Restringir-me-ei somente ao ponto de vista daquelas que chamaremos, se me permitem, de um nome bastante expressivo: as conveniências geográficas.

Existindo uma região em litígio entre dois estados da mesma Federação, onde se deverá estabelecer o limite? Parece-me que se houver nessa região um ponto de contato entre dois meios climatológicos diferentes, e que cada um desses meios, conquanto sejam ambos povoados pela mesma raça constitui um subgrupo étnico distinto; se, além do mais, a partir deste ponto todos os interesses econômicos da região dirigem-se, por exemplo, os do lado norte, para o mercado setentrional, e os do lado sul para o mercado meridional, é por esse ponto que deve passar o que em linguagem moderna se pode chamar de um limite ideal.

Gravura 28 — Salto Augusto (margem esquerda).

Ora, o ponto em questão existe de fato no Alto-Tapajós, e tal ponto é o Salto Augusto.

a. Fronteira climatológica. - O Salto Augusto, situado a cerca 450 metros de altitude acima do nível do mar, localiza-se no limite extremo do alto platô mato-grossense. Depois de ter percorrido de sul para norte esse planalto, o Tapajós, formado no coração de Mato Grosso pela reunião do Juruena e do Arinos, e já a mais de 800 quilômetros das nascentes de seus formadores, precipita-se, após uma queda de 10 metros de altura, em uma nova terra, uma outra região brasileira: a Amazônia Paraense.

Chandless já o constatou antes de mim, portanto não insistirei sobre esse ponto, já agora, considerando como verdade clássica: o Salto Augusto é um ponto de contato entre o Planalto Mato-Grossense e a Bacia Amazônica. A norte é um clima semitemperado, ao sul é o clima amazônico; a transição é ali, e não só quanto ao clima, mas também quando à flora e à fauna.

b. Fronteira étnica. - No interior de uma mesma federação, o que poderia constituir uma fronteira étnica entre dois estados? Evidentemente, uma linha situada na zona onde termina a superioridade numérica dos oriundos de um estado e onde começa a dos originários do outo.

De acordo com as últimas avaliações oficiais, Mato Grosso tem, para seus 1.390.000 quilômetros quadrados, 100.000 habitantes, e o Pará, para 1.070.00 quilômetros quadrados, 500.000 habitantes, o que mostra ser este último, levando-se em conta as superfícies, oito vezes mais densamente povoado que o Mato Grosso.

Nessas condições, seria difícil admitir *a priori* que seja este Estado de Mato Grosso, oito vezes menos densamente povoado que o do Pará, o que tenha povoado o Contestado entre ambos.

Ora, essas indicações, fornecidas pelo simples bom senso, podem ser corroboradas pela observação dos fatos.

O São Manuel civilizado, da foz à Cachoeira das Sete Quedas conta com 36 casas de habitantes, das quais 5 são de mato-grossenses, 7 de maranhenses e cearenses e 24 de paraenses. Esta estatística dispensa qualquer comentário.

Em relação ao Tapajós propriamente dito, sobre cerca de duzentas casas que se contam em suas margens, não conheço senão uma única de um mato-grossense, estabelecido há 35 anos na região e mantendo relações apenas com o Pará; e quanto aos 3.000 civilizados que povoam a totalidade de Bacia do Tapajós, de Salto Augusto a Itaituba, compreendendo tanto os afluentes da esquerda quanto os da direita, são todos paraenses, maranhenses ou cearenses, que trabalham para e pelo Pará; creio que seria difícil ali encontrar uma dúzia de mato-grossenses. A colonização em decorrência da penetração pelo Mato Grosso é, por conseguinte, um misto; a colonização do Tapajós está nas mãos dos paraenses e de seus auxiliares maranhenses e cearenses.

No Alto-Tapajós, que é menos povoado e conta com apenas uma meia dúzia de casas civilizadas da foz do São Manuel ao Salto Augusto, dois terços de seus habitantes são paraenses, e seus "aviadores" são necessariamente paraenses, de vez que as comunicações com Mato Grosso não só são difíceis em razão da falta de população, como também são perigosas por causa dos índios bravos; suas mercadorias vêm de Belém, sua borracha vai para Belém e mesmo os que são mato-grossenses veem-se obrigados a passar pelo Pará se quiserem mais uma vez rever sua longínqua Cuiabá.

Gravura 29 — Vista de conjunto do Salto Augusto.

c. Fronteira econômica. - Uma vez que até ao Salto Augusto tudo vem de Belém e tudo vai para Belém, e que acima desta catarata existe um absoluto vazio além da fronteira paraense, é evidente que, do ponto de vista econômico, a escolha do Salto Augusto pelo Pará constitui apenas uma reivindicação divisória perfeitamente moderada.

Seria até natural, se se quisesse insistir sobre este ponto: do Salto Augusto ao Mato Grosso povoado, são cerca de quinze dias subindo o Tapajós e Arinos, quinze dias de ermos inconquistados, hostis; quinze dias numa zona deserta que não constitui senão o território por onde passam os tapanhunas e nhambiquaras. E foi até mesmo quando saía desta área e penetrava naquela que o Mato Grosso considera segura, que o desditoso funcionário mato-grossense que vinha da Coletoria da foz do São Manuel, foi tão lamentavelmente assassinado pelos índios bravos que agem com impunidade no próprio coração do estado vizinho.

Igualmente, o mesmo que se constata a montante de Salto Augusto, também ocorre acima da Cachoeira das Sete Quedas. A um dia abaixo desta última encontra-se tanta civilização quanto a que se vê nos próprios arredores de Belém. Acima da Cachoeira das Sete Quedas, estende-se o "sertão bravo".

Os mundurucus civilizados de uma maloca um pouco abaixo da Cachoeira das Sete Quedas, conforme já relatei, estavam fazendo seus preparativos para irem a uma tribo parintintim a alguns dias acima desta cachoeira, a fim de ali fazerem uma coleta de cabeças. E da Cachoeira das Sete Quedas ao Salto Tavares, são dez dias rio acima; e do Salto Tavares ao Salto das Sete Quedas (que não se deve confundir com a cachoeira de mesmo nome), são mais cinco dias. E do Salto das Sete Quedas ao primeiro habitante civilizado do alto São Manuel, no Mato Grosso, são ainda mais alguns dias.

Traçando-se uma linha ligando o Salto Augusto à Cachoeira das Sete Quedas, e uma outra passando pelas últimas habitações civilizadas do norte do Mato Grosso, às margens dos formadores superiores do Alto-Tapajós e do São Manuel, veremos que, entre as duas linhas que distam entre si de 500 quilômetros, não há sequer um único civilizado! Em compensação, há uma meia dúzia de tribos de índios bravos: tapanhunas, nhambiquaras, parintintins, bacairis bravos, cajabis...

Dessas enormes cachoeiras para cima, uma zona povoada somente por índios selvagens: isso constitui mais que uma fronteira; essa região a montante do Salto Augusto e da Cachoeira das Sete Quedas, estendendo-se até ao centro de Mato Grosso, é a "marcha" dos antigos estados medievais, a zona hostil e fechada, a "Terra Selvagem", a "Terra dos índios Bravos".

A MONTANTE DE SALTO AUGUSTO. — De acordo com Chandless, e também de acordo com Paulo Leite e seus mato-grossenses que me esclarecem certos detalhes, eis qual seria, rio acima, a sequência das cachoeiras a partir do Salto Augusto:

São Carlos, cerca de 2 km acima de Salto Augusto; relativamente fácil.

São João da Barra, a cerca de 3 km acima de São Carlos; enorme e perigosa cachoeira tendo dois canais separados por uma pequena ilha; cada canal apresenta uma cachoeira de força e impetuosidade incomuns. Toda a carga passa pela ilhota central; nas cheias, também a embarcação deve seguir pelo mesmo caminho.

O Igarapé de São João da Barra, que deságua defronte à cachoeira de mesmo nome, à margem direita, é quase da mesma importância que Bararati ou o São Tomé. Sobe-se o Igarapé de São João da Barra por quatro dias enfrentando um ou outro rápido e algumas correntezas bem fortes mas, depois desses quatro dias chega-se a uma volumosa cachoeira que ninguém ultrapassou até hoje. Ali as seringueiras são abundantes nas margens e no interior.

Os apiacás tinham, há uns cinquenta anos, algumas habitações neste rio que depois se tornou absolutamente deserto.

Rebojo,
Boqueirãozinho,
Boqueirão;
Figueira.

Acima da Figueira está a confluência do Arinos e do Juruena, formadores do Tapajós. O Arinos é o curso d'água principal, o verdadeiro formador do Alto-Tapajós. O Arinos e o Juruena, em sua confluência, formam uma grande enseada, uma das mais amplas, ao que parece, do curso superior do Tapajós.

Para se chegar às cidades do Mato Grosso, prossegue-se pelo Arinos, deixando-se a leste o Juruena ainda mal conhecido.

No Arinos, encontram-se as seguintes cachoeiras:
Meia Carga;
Dois Irmãos; cachoeira comprida que lembra a do Chacorão ou a das Capoeiras,
Cachoeira de Pedras;
Porteiro,
Cachoeira dos Paus.

A Cachoeira dos Paus é a última do Arinos. A uma pequena distância dela, acha-se a foz do Rio Preto, num lugar denominado Porto Velho. Nesse ponto, deixa-se o Arinos e segue-se por terra para Diamantino, a quatro horas e meia daí.

Do Salto Augusto a Porto Velho, uma boa montaria ou uma pequena igarité gasta de 15 a 20 dias com uma tripulação média.

Acima do Igarapé de São João da Barra, os tributários do Alto-Tapajós e do Arinos são pouco importantes. Entre as cachoeiras da Meia Carga e dos Dois Irmãos encontra-se, à margem direita (oriental), a foz do Rio dos Tapanhunas, em cujos campos vivem esses índios "bravos" grandemente temidos, os tapanhunas.

Defronte à foz do Rio dos Tapanhunas, ou seja, na margem esquerda ou ocidental, vivem outros índios "bravos" os nhambiquaras, que não desfrutam de melhor reputação que a de seus vizinhos do lado oposto.

Entre as cachoeiras das Pedras e do Porteiro, recebe o Arinos dois afluentes da margem direita, o Sumidouro, abaixo, e o *Rio dos Patos*, a montante. À beira deste último, vivem os *bacairis mansos*.

Apesar dos tapanhunas e dos nhambiquaras, o Arinos, via de comunicação direta e há muito tempo utilizada entre o Tapajós e as cidades do Mato Grosso já é hoje perfeitamente conhecida. Já existem pessoas de Mato Grosso que aí exploram seringais e também criam gado nos campos. O Arinos, que percorre uma região plana distante das montanhas, seria ao que se diz extremamente rico em seringais. O mesmo se diz do Juruena, onde alguns seringueiros mato-grossenses se instalaram recentemente, entretanto, o curso deste é ainda pouco conhecido, de vez que o medo dos índios bravos detém os exploradores de borracha.

As tribos "bravas" e "mansas" são bastante numerosas nesta região ainda pouco povoada e mal conhecida; cito alguém dos tapanhunas e nhambiquaras, os parintintins, os raipexixis ou aipocicis, os bacairis mansos e os bacairis bravos, os cajabis, os parauaretês, que ocupam a região entre o Arinos e os formadores do São Manuel.

Os tapanhunas vivem nos campos do Rio dos Tapanhunas. Esses campos prolongam-se para leste na direção do Paranatinga, e para o norte em direção ao São Manuel, mas não se acredita que se estendam sem interrupção até às margens desses dois rios; densas manchas de florestas virgens ocupariam, de acordo com os mundurucus, toda a região entre os campos dos tapanhunas e os Paranatinga, e a Cachoeira das Sete Quedas.

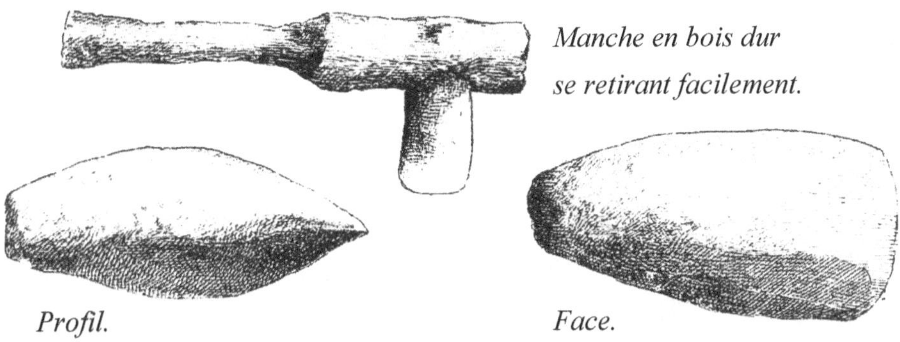

Gravura 30 — Machados tapanhunas.

Os tapanhunas, ao que parece, falam a língua geral, pois os apiacás afirmam que teriam compreendido perfeitamente sua linguagem nos encontros — aliás, muito raros — que tiveram depois da migração dos apiacás para norte. A tática de guerra dos tapanhunas não revela por parte desses índios alto valor militar ou moral: consiste simplesmente no assassinato por traição. Eles ficam esperando os viajantes que passam pelo rio. Postam-se em alguma praia, sobre uma ribanceira, em um ângulo tal que obrigue viajantes a agir de pronto, sem tempo suficiente para refletirem. De uma hora para outra, surgem na paisagem, sem arcos nem flechas, rindo, falando alto, fazendo aos que chegam diversos sinais de amizade e convidando-os a atracar. Logo que os imprudentes viajantes se colocam ao alcance das flechas os tapanhunas, repentinamente, fazem chover suas "taquaras" sobre as confiantes vitimas. Em quinze anos de viagens entre os indígenas, cheguei à convicção de que os índios "bravos" são pura e simplesmente bandidos hereditários e profissionais, em relação aos quais a filantropia é uma ilusão.

Os nhambiquaras, que moram em frente aos tapanhunas do outro lado do Arinos, dividem com estes a reputação de índios bravos ocasionalmente antropófagos. Mas as duas tribos são inimigas. Às vezes, consideram-se os nhambiquaras como apiacás bravos em razão da semelhança de seus dialetos, ambos da família tupi, mas tal fato é pouco verossímil, de vez que os apiacás são excelentes cachoeiristas, ao passo que os nhanbiquaras desconhecem a canoa e viajam exclusivamente por terra.

Os parintintins, nação indígena que chega a quase me parecer mítica, de tanto que a vejo assinalada sobre pontos bem opostos e afastados, existiriam, realmente, nas florestas acima de Salto Augusto e Sete Quedas, entre o Alto. Tapajós e o São Manuel. Os mundurucus localizam-nos a dois ou três dias além de Sete Quedas, entre o São Manuel e o Alto-Tapajós. Nestas paragens, quando uma maloca ou casa civilizada foi pilhada durante a ausência dos donos, diz-se: Foram os parintintins. Há destes "parintintins" por todos os cantos.

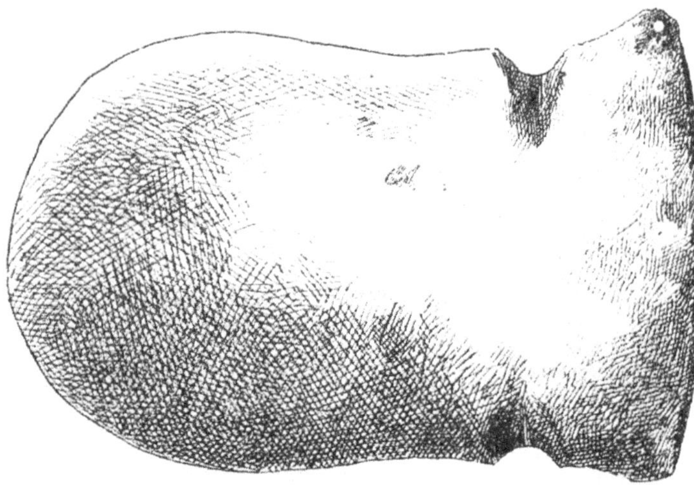

Gravura 31 — Machado parintintim visto de frente.

Os raipexixis ou aipocicis teriam sido aquinhoados pela natureza, ou então por algum piadista de mau gosto, de uma masculinidade a tal ponto exagerada que chega até a ser ridícula...

Os bacairis mansos estender-se-iam do Xingu às duas margens do São Manuel, abaixo da foz do Paranatinga. Consta que são índios civilizados, pois praticariam a pecuária e saberiam ler. Já os bacairis bravos estariam dispersos pelo interior, entre o Xingu e o Paranatinga, ou entre o Paranatinga e o Juruena.

Os cajabis bravos viveriam entre o Alto-Tapajós e o São Manuel, e no Xingu, a norte dos bacairis bravos; portanto, entre tapanhunas e parintintins.

Finalmente, os parauaretês, a norte dos cajabis, seriam vizinhos dos parintintins e, como estes, também seriam visitados quase que anualmente por bandos de mundurucus, em busca de cabeça a degolar.

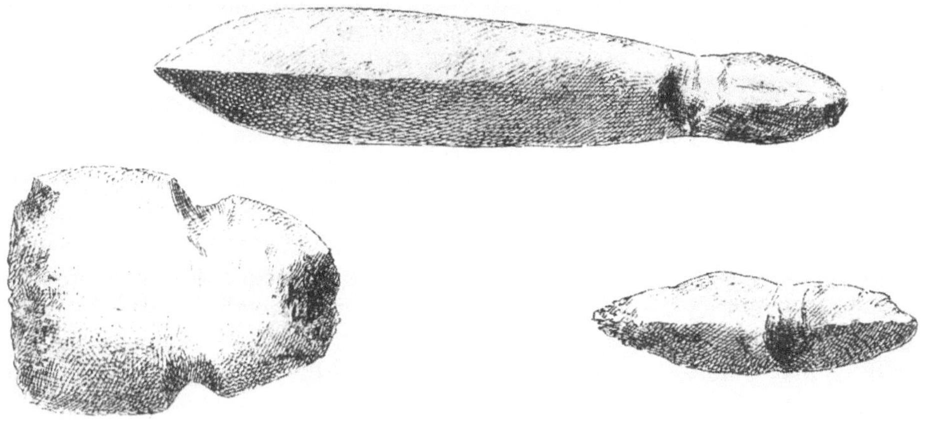

Gravura 32 — Machados parintintins.

RETORNO DE SALTO AUGUSTO — Sábado, 16 de novembro, à tarde, voltamos de Salto Augusto. Pernoitamos na praia do Toranzol, onde encontramos fiéis a seus postos, as legiões de mosquitos e carapanãs que nos tinham recepcionado ontem à noite.

Seria o nervosismo de uma noite mal dormida, ou a inevitável melancolia do retorno, ou ainda o enfado inexplicável, mas, no entanto bem conhecido e experimentado que arrasta atrás de si o dia dominical — (não foi senão ontem que deixamos Salto Augusto)?... — Não sei. Tenho, contudo a impressão de que se tivéssemos que prosseguir para o Rio de Janeiro pelo Juruena e pelo sertão dos índios bravos, teríamos certamente uma viagem bem mais alegre.

Nossos dias rio abaixo são dias "velozes". Hoje, 17, embarcamos e partimos às cinco e meia da manhã. Amanhecia apenas. Desceu sobre nós uma bruma espessa, compacta e fria, obrigando-nos a dirigir pelo rumo até que sob os raios de sol das nove horas dissipou-se a cerração.

Tornamos a passar as cachoeiras.

Eis *Furnas*. Também na descida, é necessário descarregar, mas apenas na corredeira superior; na de baixo, a canoa desce pelo saival amarrada pelas extremidades, controlada pelos homens que seguram a sirga a montante e dirigida pelo patrão e por um companheiro, o patrão usando uma vara como leme e o ajudante corrigindo o rumo por meio de um comprido gancho.

Numa pequena ilhota entre Furnas e Ondas aconteceu-me um dos mais espantosos casos de minha vida de caçador. Escutamos o grunhido de um tapir. Benedito foi o primeiro a descer à terra. Ouviu-se o tiro do fuzil do tuxaua, que tinha antes por precaução, sabendo bem que o tapir é difícil de morrer, introduzido no cano liso uma de minhas balas explosivas. A anta devia estar pelo menos um pouco atenta porque, depois do tiro, passou diante de nós lentamente, deixando atrás de si um rasto de grandes gotas de sangue. Cem metros além, caiu morta. Autópsia: a bala explodiu dentro do próprio coração do animal, que tivera ainda força para caminhar cem metros antes de morrer devido a uma hemorragia interna!

Descemos a Cachoeira das Ondas pelo canal da esquerda. Neste, a correnteza é menos violenta que no lado direito, mas é preciso atravessar violentos "borbotões", onde se tem de manobrar de maneira rápida e segura.

O grande Canal de São Lucas apresenta denivelamentos de tal maneira perigosos, que uma igarité, mesmo descarregada, não poderia nele se arriscar. A canoa desce pelo saival e as bagagens passam pelo caminho orlado de baunilhas-de-peru. (Aí foi o único lugar onde encontrei esta planta; porém, no Igarapé da Baunilha, parece que se poderia achar a baunilha verdadeira de excelente qualidade.)

Em São Rafael, desce-se a canoa amarrada com cordas pelas extremidades, depois passam-se as bagagens por terra, pela ilhota defronte à praia.

Em Santa Iria, passa-se pelo pequeno canal, pelo qual se entra pouco acima e, se bem que o rápido seja muito violento, aí se utilizam os remos. Entretanto, na queda propriamente dita que nesta época do ano está com uns dois metros de altura, é preciso descarregar e passar a canoa vazia, com bastante cuidado, sob pena de vê-la espatifar-se sobre as rochas lá de baixo.

A altura total da cachoeira do Banco de Santa Úrsula, agora, é de 3 metros. Gastamos três horas para passar a canoa vazia, transportando-a por terra duas vezes. Do saival de Santa Úrsula às montanhas orientais, as grandes lajes e as "pedrarias" começam a cobrir-se de água. É por aí, o caminho das canoas durante a estação chuvosa.

Na Cachoeira da Misericórdia descarrega-se apenas a minha maleta; a canoa, passada pelo estreito canal, chega ao mesmo tempo que nós, que tomamos o caminho dos rochedos.

É quase à altura desta cachoeira que se encontra o Lago de Paulo Leite, com cerca de três quilômetros de comprimento e uma largura correspondente à metade da largura do Alto-Tapajós. Acompanha o braço mais ocidental do São Tomé (braço que é o verdadeiro São Tomé), localizando-se mais perto deste do que do Alto-Tapajós.

Hoje, 18, pernoitamos na maloca do Bananal Grande, de vez que a maior parte de seus moradores encontra-se então no interior, na maloca Igarapé da Cachoeira de São Florêncio.

Em São Florêncio tivemos novamente de prender a canoa com sirga; as águas são volumosas o bastante para nos evitar o enfadonho transporte por terra, podendo nossas bagagens ser confiadas sem perigo à corrente então normal do canal direito.

Em São Simão, entretanto, foi-nos necessário passar totalmente por terra, de vez que a água subira mais de um metro durante os quinze dias da nossa viagem.

No dia 19 de novembro, à tarde, chegamos à casa de Paulo, onde iríamos preparar nossa viagem ao São Manuel.

CAPÍTULO VI

Últimos dias em casa de Paulo Leite — A "friagem" e a chuva — Maurício sempre preparado — Em direção a Sete Quedas — Marchas forçadas — Paisagens tristes — O Manuel e o Alto-Tapajós — As grandes ilhas — Saturnino — Denominações "proverbiais" — Laurindo — Moreira — O caminho do Cururu e o do Alto-Tapajós — Campinas, campinhos, caatingas — Cachoeira de São José — Cachoeira do Acari — Cachoeira do Frechal — Cachoeira do Vira-Volta — Cachoeira do Trovão — Cachoeira de São Feliciano — Cachoeira do Jaú — Cachoeira das Sete Quedas — Da Cachoeira das Sete Quedas ao das Sete Quedas.

Meus últimos dias na casa de Paulo Leite, conquanto excelentes por terem sido passados do lado de um amigo recente às vésperas de uma separação possivelmente eterna, foram contudo bem frios. "Frios", do ponto de vista da temperatura. Aqui, chama-se esse tempo de "friagem". Sopra do sul, dos descampados de Mato Grosso, um vento cortante que parece gelado. Os que sofrem do fígado, não têm por que esperar: é o momento de ficarem doentes.

O frio, de dia; de noite, a chuva. Uma chuva em rajadas, antes varrendo a terra do que caindo do céu. Os barulhos da catarata, da chuva e do vento misturam-se nas trevas compactas. Por vezes, a gente imagina ouvir vozes como que se lamentando na amplidão. Arriscando um olho pela porta entreaberta, arrepia-se sob as rajadas dessa chuva que parece vir de frente e não de cima. Às vezes, parece que se distinguem formas confusas, semelhantes às de gigantescos fantasmas negros, surgindo subitamente do fundo das sombras, que se tornam baças ou vítreas. O indizível queixume da noite de chuva e tempestade persegue-me durante o sono atribulado, dando, juntamente com o estrepitoso fragor agora sinistro da catarata, não sei que harmonia de cortejo fúnebre ou de sabá.

26 de novembro — Partimos às duas horas da tarde da casa hospitaleira de Paulo Leite. Meu amigo Paulo acompanha-nos até à casa de Maurício, onde chegamos à uma da manhã, sem termos parado mesmo para jantar. As sete, apenas seis horas depois da chegada, damos adeus a Paulo e partimos com Maurício em direção à Cachoeira das Sete Quedas, mas ele vai-me acompanhar só por quase a metade do caminho, até a casa de Saturnino Carlos Pereira.

Com Maurício, que tem pressa de retornar a sua casa para a celebração de uma festa de família, fizemos jornadas que quase valem por duas, porque sempre viajamos durante uma boa parte da noite.

Vamos depressa. Dia 30 de novembro, à uma e meia da manhã, após algumas horas de um sono leve que os mosquitos e carapanãs tornaram quase ilusórios, despertamos à altura da ponta de montante da Ilha do Cururu, aborrecidos, mãos e rosto vermelhos e inchados. O céu está horrível, mas sem perder aquela indefinível beleza da qual estes ermos conhecem o segredo. Há uma cerração intensa, espessa, pesada, fria e, portanto, carregada de tempestades, um céu baixo, muito baixo, nem azul celeste nem negro, mas de um azul sombrio e opaco, todo salpicado de enormes nuvens viscosas, iguais a monstruosas trouxas de fuligem cor de chumbo, um silêncio que se diria proveniente da melancolia que parece envolver tanto os irracionais quanto os inanimados; é ela sobre tudo quem lá está, sozinha, valente nesta visão do caos, a razão humana, débil e hesitante, que a si própria procura num meio sem semelhanças e sem lembranças.

E sob essas nuvens baixas, que se dispõem qual pórtico por sobre o São Manuel, entramos neste grande rio, que nada parece ficar devendo, quer em largura, quer em volume, a seu irmão gêmeo, Alto-Tapajós.

Contudo, o São Manuel está longe de apresentar as mesmas características gerais que o outro rio. O São Manuel é menos profundo, possuindo bem maior número de ilhas — sobretudo ilhas grandes — e numerosíssimas praias de areia que, em pleno estio, se prolongam, quase ininterruptamente, de cada lado do reduzido leito do rio agora mais raso. Se bem que tenha vazão um pouco inferior à do Alto-Tapajós, o São Manuel poderia parecer mais importante por causa de sua grande largura e de suas grandes ilhas; entretanto, a lentidão de sua corrente, que se arrasta preguiçosamente sobre as grandes praias de areia, não permite que tal impressão perdure.

Outro contraste bem acentuado entre os dois rios é a densidade relativamente considerável do povoamento das margens do São Manuel. Quase quarenta casas, cuja relação se encontra nos Quadros Estatísticos, espalham-se à beira deste rio, de sua foz à Cachoeira das Sete Quedas.

Quanto às montanhas, são um pouco menos numerosas nas vertentes do São Manuel do que nas do Alto-Tapajós, sem que, todavia, seja muito ponderável a diferença. As primeiras que se encontram estão do lado esquerdo, onde a Serra da Maloca Velha e a Serra do Alto Santo se erguem a 150 ou 200 metros acima da margem.

A Maloca Velha foi uma maloca mundurucu outrora famosa, ao que se diz. Quanto à Serra do Alto Santo, seu nome extravagante se deve a não sei que irreverente lenda, de acordo com a qual um santo homem teria há tempos estabelecido sua residência bem no alto do morro, dali tendo um dia se atirado de cabeça no São Manuel, de onde os mundurucus não o puderam jamais tirar.

A uma pequena distância acima da montanha, da praia e das ilhas que tiraram o nome da desventura do santo, encontra-se a maior ilha do São Manuel, que deve disputar com a do Cururu o título de maior ilha de toda a Bacia do Tapajós, a Ilha da Conceição.

A Ilha da Conceição mede cerca de 15 quilômetros de comprimento, o que é bem pouco comum para uma ilha fluvial situada a mais de 1500 quilômetros do mar em linha reta. Ela encerra lagoas, como na Ilha do Cururu, e é ladeada por dez ilhotas, duas do lado esquerdo e oito do direito. Do mesmo modo que na ilha do Cururu, aí também é abundante a borracha.

Um pouco acima desta grande ilha da Conceição, chegamos à casa do Sr. Saturnino Carlos Pereira, sob cuja responsabilidade Maurício me deixa. Este , menos de uma hora depois, já que tinha realizada completa e excelentemente a tarefa que houvera por bem aceitar, aperta minha mão, pula numa pequena canoa e toma o caminho de Pesqueirinho.

Até à vista, Maurício, amigo velho, leal figura de experiente desbravador dos ermos!

Aliás, desde que deixei os últimos povoados para penetrar no verdadeiro "interior", as pessoas que tenho encontrado pertencem ao número das mais simpáticas que existem no mundo.

E Saturnino está longe de ser uma exceção. Acha-se um pouco indisposto, com febre, o fígado está mal. Pode-se-ia pensar que ele iria usar este pretexto — o que aliás seria bem plausível — para se esquivar da tarefa, ou pelo menor tentar adiá-la, mas ele arranja sua caixa de medicamentos e me diz simplesmente: "Vamos embora".

Saturnino é jovem, quando muito passou dos trinta, mas há muitos anos que mora no São Manuel, que conhece muito bem. Pelas informações que me fornece e que concordam inteiramente com as que colhi, conclui-se que o São Manuel é muito menos afastado do Alto-Tapajós do que o mostram geralmente os mapas. Um índio de Saturnino atravessou daqui ao Alto-Tapajós em dois dias. Do outro lado, o Cururu está quase à mesma distância: das malocas mundurucus do São Manuel,vai-se em um dia e meio à maloca de Puxu, no Cururu.

Em frente à casa de Saturnino, o São Manuel apresenta uma de suas belas paisagens: o Morro do Coroçal e a Serra das Cobras alinham seus cumes sobre a margem ocidental. No rio espraiado, a grande ilha Tudo Tem Tempo estende-se abaixo das montanhas. Essa ilha, que tirou seu nome de um provérbio normando, foi há alguns anos, segundo consta, objeto de disputa entre não sei quais "Doutores Chicaneiros" do Tapajós. Um deles concluiu um de seus arrazoados com o dito provérbio, arremessado com mão firme qual flecha-do-parto. E, inteligente ou idiota, a denominação pegou. Refletindo bem, pode ser que aí haja uma ideia a ser explorada. Proponho à votação um projeto para se denominar "proverbialmente" alguns de nossos principais prédios nacionais: o Palácio Bourbon, a Morgue, Mazas, etc.

No fim de uma jornada que, depois da casa de Saturnino, foi toda feita em canoa, sem que o rio alterasse sua uniforme direção norte-sul, chegamos à morada do Sr. Laurindo José Francisco da Silva, um pernambucano de alta consideração, Subdelegado do Pará no baixo São Manuel.

Pouco acima estão duas grandes praias, a "Praia Comprida" e a "Praia Vermelha", que se estendem na vazante por mais de 10 quilômetros, unindo entre si quatro ilhas de vegetação raquítica.

E, finalmente, eis as malocas mundurucus! A primeira é a de um honesto e laborioso paraense, dos mais civilizados dessas bandas, Moreira Pai (José Francisco Moreira), que deve a seu conhecimento do idioma mundurucu e à sua influência sobre as pequenas malocas dessa nação, que se sucedem a montante de sua casa, o epíteto de "tuxaua" que lhe atribuem, às vezes alguns vizinhos civilizados, invejosos de seus modestos sucessos como linguista ameríndio e como "aviador" dos caras-pretas. Este excelente Moreira presenteia-me com alguns machados e flechas "bravas" que enriquecerão, por modesta que seja a contribuição, a seção parintintim do Museu do Pará.

Acima desta casa, deixando à direita a pequena Ilha de Nova Olinda onde o engenheiro suíço Toepper julgou um dia ter descoberto caulim, alcança-se a Ilha do Pereira, uma das grandes ilhas do São Manuel, que não mede menos do que uns 10 quilômetros de comprimento, onde Moreira começa a cultivar pastagens artificiais para a criação de gado, o mesmo que Saturnino pretende fazer defronte à ilha do "Tudo Tem Tempo", na margem oriental.

No ponto fronteiro à extremidade sudoeste da Ilha do Pereira deságua o Igarapé do Salsal. Este igarapé viria da Cordilheira do Salsal, que acompanha o Alto-Tapajós a uma pequena distância a jusante de Salto Augusto.

Um pouco acima, passa-se em frente à roça que os mundurucus abriram na margem direita, atrás da Ilha do Maruim, e que os índios do Cururu atravessam para ganhar o Alto-Tapajós, alcançando-o ao fim de dois ou três dias de marcha, ou seja, 25 a 40 quilômetros. São os mundurucus do Puxu que estão na roça de Maruim. Até à altura desta, corre o Cururu quase paralelamente ao São Manuel, do qual não se afasta a mais de dois dias, em média.

Imediatamente acima de Maruim, entre as montanhas que se sucedem quase sem interrupção sobre as duas margens — os morros do Coroçal — ficam as ilhas de mesmo nome, seis das quais relativamente consideráveis, que ocupam a maior parte do leito.

O rio continua por algum tempo livre de ilhas, mas depois chega-se à Ilha do Castelo, que deve seu nome a um rochedo que se assemelha ou a um castelo, ou a um bastião, ou ainda a uma proa de navio, e que se localiza à margem direita, bem defronte à ilha que tomou seu nome.

Um pouco abaixo da enseada de São José, veem-se ainda hoje os vestígios de uma importante habitação que há alguns anos pertencia a um paraense de nome Joaquim Demétrio Barbosa. É da capoeira de Joaquim Demétrio Barbosa que partiriam os mundurucus em busca da salsaparrilha nos igarapés do Salsal e de São Tomé. Dizem eles que daqui até lá é mais perto do que da Cachoeira das Sete Quedas ao Salto Augusto.

Um pouco acima, na margem direita, fica a capoeira do Coronel Bernardino de Oliveira e, imediatamente abaixo, as "campinas" e as cachoeiras.

A jusante, quase à altura da ponta onde começa a Ilha do Castelo, o São Manuel recebe, pela margem direita, um dos maiores afluentes de seu curso inferior, o Igarapé Grande do Piau, quase tão importante quanto o Cururu. Já se subiu este Igarapé Grande do Piau durante dois dias de montaria, sem, contudo se encontrarem indícios dos campos gerais do Cururu o que prova que tais campos não se estendem na direção sul, além da cachoeira do Cururu, também demonstrando que as Campinas do São Manuel estão separadas dos campos gerais do norte por florestas mais ou menos consideráveis, mas que apresentam, em alguns trechos, estrangulamentos quase completos, pelos quais deixariam passar as chamas das queimadas desses campos, e elas viriam aparecer na margem direita do São Manuel, defronte à Ilha do Toró na Cachoeira de São José.

É da capoeira de Bernardino de Oliveira que se percebem pela primeira vez, para o lado de montante, as campinas ou campinhos do São Manuel. Não se trata aqui de campos limpos ou de pequenos campos, como se poderia crer por tais designações errôneas. Na borda do São Manuel, e igualmente a uma certa distância no interior, não se veem mais do que caatingas, espécies de matos ralos, ou de matinhas degradadas, com vegetações arborescentes, mas raquíticas, a única que pode subsistir num solo pobre e pedregoso. Além das caatingas, encontram-se geralmente os campos, sem que isso de modo algum constitua uma regra geral, mas as caatingas não são nem campinas, nem campinhos, constituindo tão somente o "prefácio", a "introdução", ou, se se preferir, a transição entre o verdadeiro campo e a floresta.

Entre os habitantes do São Manuel, alguns aceitam esta denominação de caatingas, quando se lhes observa ser inexata a palavra "campinhos", e mais errado ainda o termo "campinas" — campanha, pradaria — ambas as expressões aqui indiferentemente utilizadas para designar os trechos pedregosos, com arbustos magros, que se encontram aqui e ali nas bordas do São Manuel, na região das cachoeiras do baixo curso, sobre as colinas e os planaltos.

O que ainda mais tem contribuído para a confusão das línguas foi que, nestes últimos anos, pessoas sem dúvida bem intencionadas, mas mal inspiradas, pretenderam, a pretexto de que já existia um SALTO das Sete Quedas, mudar o nome da cachoeira homônima, promovendo-a sem hesitação a salto e dando-lhe a denominação de "Salto das Campinas", ainda que a Cachoeira das Sete Quedas seja uma corredeira, e não um salto, e que nas suas margens não haja absolutamente "campinas", mas sim "colinas" cobertas de "caatingas".

CACHOEIRAS DO BAIXO SÃO MANUEL — Essas cachoeiras são em número de oito. Ei-las de jusante a montante.

I. — São José
II. — Acari
III. — Frechal
IV. — Vira-Volta
V. — Trovão
VI. — São Feliciano
VII. — Jaú
VIII. — Sete Quedas.

A *Cachoeira de São José*, que compreende os travessões do *Canal Torto* e do *Apuí*, apresenta fortes correntezas que correm em tumulto para todas as direções entre as ilhas e ilhotas que ocupam, neste trecho, quase todo o leito expandido do rio.

As "campinas" — empregando a palavra usual, se bem encontram-se nas duas margens, tanto na esquerda, montanhosa, quando na direita, que termina em platô defronte à Ilha do Toró.

Imediatamente acima, encontra-se uma grande ilha, com pelo menos uns 9 quilômetros de comprimento, a Ilha do Marengo. No seu canal oriental aparece uma única cachoeira, a Cachoeira da Catingosa; no canal ocidental há três: Acari, Frechal e Vira-Volta.

A Cachoeira do Acari, na ponta noroeste da Ilha do Marengo, não passa de um trecho de correnteza mais forte. Na ilha aqui em frente mora aquele meu primeiro "patrão", o Sr. Antônio Bentes.

Um pouco acima da Cachoeira do Acari, na Ilha do Marengo, acha-se a morada de um habitante aqui conhecido pelo apelido de José Cuiabá. Hoje há festa na sua casa: bandeirolas, foguetes, tambores, danças e cachaça. Desses festejos populares, fica-me sempre a enxaqueca como sua melhor lembrança. Cumprimento o Sr. Cuiabá e vou-me exilar em uma pequena ilhota localizada acima, onde os cânticos, as danças, a batucada e os foguetes serão um pouco menos ensurdecedores. Saturnino, obrigado a ficar aqui até amanhã para tratar de negócios, espia-me com um olhar de inveja ao ver que me afasto para minha ilhota.

8 de dezembro — Nossa ilhota não é mais uma ilhota: é um pequeno parque. Ela foi desbastada e limpa; chegamos até a queimar as folhas mortas e os galhos secos: prazeres de caçador, que os citadinos ignoram. A canoa está amarrada ao porto sob uma cúpula de folhagens muito arquitetônica.

Confortavelmente instalado e bastante à vontade, bem pouco distraído pelas detonações dos foguetes e os barulhos da festa do Cuiabá, ponho em dia minhas anotações.

Faço a estatística. Do São Manuel até à casa do Cuiabá, nesta inclusive, há 37 habitantes, dos quais 24 paraenses, 6 cuiabanos, 5 cearenses, 1 maranhense e 1 do Rio Grande do Sul.

Os 6 cuiabanos são: João da Silva Tavares, Manuel Pedro, Gabriel d'Almeida, Gonçalo Norato, Marciano e Cuiabá.

Os 5 cearenses são: Francisco José das Chagas, João Bernardo, Josué Gonçalo Teodoreto, Manuel Francisco Xavier e Manuel Francisco Barata.

O maranhense é Paulino José das Chagas, e o gaúcho, José Fernando da Silva Barulho. Os outros 24 moradores são paraenses.

E durante todo o dia foram só anotações e, salvo por duas rápidas pancadas de chuva, o sol nos permanece fiel no dia de hoje.

Jornada finda e bem rendosa; chega a noite e com ela o sono.

Meia noite: "A canoa está afundando"! Caetano, índio maué que Cardoso me cedeu, e Vicente acordam-me repetindo este grito.

Era coisa simples. A embarcação fazia água — todas fazem... — e o fazia consideravelmente. Era preciso esvaziá-la diversas vezes por dia. Caetano adormeceu ao mesmo tempo em que se abria um "remendo" da canoa, e acordou com a água à altura do nariz.

Caetano e Vicente lá estão chapinhando dentro de alguma coisa negra é a canoa imersa na noite. Ela afunda. Os objetos são bruscamente atirados para terra, e eis um teodolito em sua caixa, um medidor surpreendido em pleno voo, um barômetro que se afoga... E a canoa vai baixando até encosta no fundo. Bem feito! Não se vê mais que seu pequeno teto de folhas. Que me importa... Meus papeis estão em terra!...

Gravura 33 — O maué Caetano.

Segunda-feira, 9 — Passam quarenta e cinco minutos da meia-noite. Há mais de meia hora que naufraguei mais uma vez. Já nem ligo mais. A gente se acostuma. Aliás, por parte da natureza não tenho conhecido senão traições. Ela é capaz das maiores perversidades.

Terça-feira, 10 — Partimos. Saturnino nos mandou seus homens, "para ver se precisávamos de alguma coisa", e eles tiram a canoa da água. A proa da embarcação apresentava, numa tábua quase completamente apodrecida, um buraco, para cuja calafetagem dou uma de minhas camisas de flanela. A camisa, enfiada "delicadamente" com uma faca, aumentou o buraco de tal modo que nele seria possível passar uma cabeça. .

O furo é fechado e calafetado. Saturnino chega e podemos prosseguir.

Passamos primeiramente pela Cachoeira do Frechal que, conquanto extensa, não apresenta sérios perigos, não sendo os "travessões" que a constituem senão simples correntezas.

A Cachoeira do Vira-Volta não passa de uma corredeira forte.

Imediatamente acima da Vira-Volta, começa outra dessas grandes ilhas deste estranho São Manuel, uma dessas que sempre nos deixam intrigados pelo seu comprimento e pela sua enormidade: a Ilha do Curupira.

Depois desta, encontra-se outra um pouco menos comprida, mas também razoavelmente importante, a Ilha da Vidraça. Para costeá-la, tem-se que enfrentar as fortes correntezas da Cachoeira do Trovão.

Também extensa é a Ilha do Vicente, onde meu "patrão" Vicente Teixeira Castro teve, há alguns anos, uma casa bem considerável, hoje arruinada e que a vizinhança mais ou menos indígena acaba de fazer desaparecer, em virtude do princípio de que "quem abandona, perde seus direitos". Como esta ilha não tem nome, e tendo sido Vicente seu primeiro morador, depois do que pessoa alguma ali se estabeleceu, ela para mim é e será no futuro a "Ilha do Vicente".

Depois, a Cachoeira de São Feliciano, dos dois lados da ilha de mesmo nome e logo abaixo da Ilha da Cabeça Vermelha. Passados estes rápidos, chega-se à Cachoeira do Jaú, igualmente pouco temível, e, por fim, à Cachoeira das Sete Quedas.

A Cachoeira das Sete Quedas é um importante acidente geográfico, não só por causa de seu desnivelamento total, que deve atingir quase 10 metros nas águas médias, como em razão da multiplicidade das quedas laterais, divididas em cinco grupos pelas ilhotas, uma das quais até apresenta uma pequena cadeia montanhosa.

Uma coisa curiosa é que, dos cinco canais paralelos que passam por entre as ilhas, pelo menos três são interrompidos por sete quedas, cujo desnivelamento total, evidentemente, é o mesmo, mas que apresentam uma impetuosidade e um perigo que aumentam progressivamente à medida que se vai dos canais de leste para os de oeste. O grande canal, que é o que ladeia a margem ocidental, é perigoso precisamente em razão da massa e da força de suas águas tumultuosas que se precipitam no rio espraiado, sem nada que as detenha, seja ilhota, rochedo ou vegetação de saival.

Foi nesta Cachoeira das Sete Quedas que naufragou a Comissão enviada por Dom Pedro, e que chegou ao baixo São Manuel, segundo me disseram, pouco depois da Proclamação da República. O paulista Boaventura, que hoje trabalha com Maurício, e um rapaz chamado João Mendes Martins, hoje com o "Tartaruga", conseguiram escapar. Atirada nos enormes cachões do grande canal de Sete Quedas, a canoa afundou. Salvaram-se a nado os que puderam, uns três ou quatro, entre os quais João Mendes Martins e o paulista. Conseguiram alcançar a Ilha da Montanha. Nus, desceram as cachoeiras a nado até que alcançaram a orla de uma floresta desabitada. Acompanhando a margem, viveram na floresta durante alguns dias. Quantos?... Contraíram a febre, que lhes embaralhava as lembranças. Por fim, encontraram uma cabana de seringueiro. Estava abandonada. Eles arrancaram a serapilheira da porta e dividiram-na entre si para que cada um fizesse uma "roupa". Daí, chegaram à casa de outro seringueiro, de onde puderam prosseguir, então um pouco mais bem vestidos, descendo o rio até aos pontos onde finalmente se estabeleceram.

Passamos a Cachoeira das Sete Quedas pelo braço denominado Paraná do Jaú, considerado como o mais fácil dos cinco. Passageiros e bagagens seguem por terra, de ilhota em ilhota. A canoa, vazia, é suspendida acima dos sete desnivelamentos, ora içada por corda, ora pela força dos braços.

Na entrada da Cachoeira das Sete Quedas, o São Manuel, espraiado, parece tranquilo e sem correntezas. Um pouco acima, na margem esquerda, há um cacaual, parece que silvestre, com cerca de uns 600 pés, além, quase defronte mas um pouco a montante, a maloca mundurucu de Nicolau. Para cima, o rio dobra à esquerda, vindo do nascente, e é quase desconhecido. Entretanto, os mundurucus frequentam as florestas desabitadas do interior.

Segundo dizem, gastam de três a quatro dias para irem da Cachoeira das Sete Quedas ao Salto Augusto.

DA CACHOEIRA DAS SETE QUEDAS AO SALTO DAS SETE QUEDAS — De acordo com os dois sobreviventes da expedição enviada pelo Império, em 1889, do Mato Grosso ao Pará pelo São Manuel — João Mendes Martins e o paulista Boaventura, — eis as particularidades — que este rio apresentaria no trecho bem pouco conhecido que se estende da Cachoeira das Sete Quedas ao Salto das Sete Quedas:

Sete dias acima da Cachoeira das Sete Quedas, fica o estreito conhecido pelo nome de Fechos, onde o rio apresenta um notável estrangulamento. Entre estes dois pontos são sete dias de correntezas quase ininterruptas, mas não mais temíveis que as das Capoeiras ou do Chacorão.

Imediatamente além de Fechos, subindo o rio, forma este uma enseada bem considerável, acima da qual chega-se a umas extensas cachoeiras que se sucedem sem interrupção. Nesta parte de seu curso, o São Manuel apresenta encostas alcantiladas; rochedos, bancos de pedra e ilhas escondem seu leito, que se reduz apenas a estreitos canais entre as pedrarias e os rochedos. Levam-se três dias para atravessar este deserto de pedras, acima do qual atinge-se o Salto Tavares.

O Salto Tavares é impraticável para as embarcações. Quem quiser passar por ele, rio acima ou abaixo, tem que abandonar a canoa e construir outra lá em cima ou lá em baixo. O caminho por terra, através dos amontoados de rochedos, é dos mais fatigantes e perigosos. Se se quiser seguir por um bom caminho, é preciso dar uma grande volta por trás dos rochedos da região. Este salto, ao que parece, teria a mesma impetuosidade do Salto Augusto.

Cinco dias acima de Salto Tavares, com o rio novamente bem mais desimpedido que entre o Salto Tavares e Fechos, fica o Salto das Sete Quedas.

O *Salto das Sete Quedas* é uma queda d'água, como os saltos Augusto e Tavares, e não corredeira, como a Cachoeira das Sete Quedas. Ao que dizem, teria o dobro da altura do Salto Augusto e do Salto Tavares, a qual seria, consequentemente, cerca de 20 metros!... Todavia, suas sete quedas não são seguidas, mas sim lado a lado, no mesmo plano. Na realidade, há somente uma grande queda, mas dividida em sete seções pelos rochedos que se erguem entre as águas em forma de colunas ou de muralhas. São sete bocas colocadas uma ao lado da outra na mesma linha do horizonte.

O salto é absolutamente intransponível, não se conhecendo embarcação grande ou pequena que possa ser por ele guindada ou baixada. Como no salto Tavares, seria necessário carregar a canoa por trás da vasta extensão de pedras e rochedos. É mais simples, rápido e seguro abandonar a embarcação e conseguir uma nova no outro nível.

Além do salto das sete Quedas, tem-se que subir o São Manuel ainda por alguns dias para alcançar a confluência do São Manuel de Cima — Alto São Manuel, se preferirem — e do Paranatinga, seu formador mais importante, conquanto não dê seu nome ao rio.

Foi no Salto das Sete Quedas que morreu o chefe da Comissão de Mato Grosso, há sete anos, tendo sido enviado em seu auxílio o Capitão Fogo. Este capitão encontrou, nos arredores do Salto Tavares, os sobreviventes da expedição. Tendo deste modo cumprido sua missão, retornou sem avançar mais além.

Entre o Salto das Sete Quedas e a Cachoeira das Sete Quedas estende-se um deserto, vazio até mesmo de índios bravos. As primeiras habitações de Mato Grosso começam acima do Salto das Sete Quedas, enquanto que, do lado do Pará, os primeiros habitantes civilizados aparecem um pouco abaixo da Cachoeira das Sete Quedas. Este trecho, que se poderia chamar de região de Fechos e do Salto Tavares, hoje constitui, efetivamente, pelo menos e em se considerando apenas a questão em si, uma verdadeira *res nullius* entre o Pará e o Mato Grosso.

CAPÍTULO VII

Os mundurucus. — Trabalhos do sábio Barbosa Rodrigues e de Gonçalves Tocantins. — Cosmogonia. — A lenda do cão. — Antiga fama dos mundurucus. Estatísticas dos mundurucus. — A maloca mundurucu, a antiga Decodema. — Sentimentos de sociabilidade. — A família. Tatuagens e adereços. — O casamento, os funerais, o outro mundo. — Modo de vida. — Guerras. — O pariná ou a cabeça mumificada. — A festa do panina-te-rã.

Antes de retornarmos dos ermos das Sete Quedas a Belém do Pará, vamos aproveitar que chegamos à mais meridional das malocas mundurucus, a de Nicolau, pouco acima da Cachoeira das Sete Quedas, para estabelecer de uma vez por todas, e o mais completamente que pudermos, o balanço geral da nação mundurucu: tradições, história, costumes, estado atual. As questões diplomáticas, de geografia pura ou de geografia física, não obstante seu grande interesse, não devem todavia impedir-nos de dar, com todo o desenvolvimento que ela merece, a biografia de uma grande nação indígena em vias de extinção.

Que me seja permitido inscrever, logo no cabeçalho deste capítulo, o nome de dois homens, um dos quais é um dos príncipes da ciência brasileira, Barbosa Rodrigues, e outro é um de meus amigos, modesto e digno sábio, o excelente Gonçalves Tocantins. Um e outro publicaram bons trabalhos sobre os mundurucus. Não tenho a pretensão de ter "descoberto" essa tribo, e só posso apresentar seu estudo sobre os mundurucus como uma espécie de compilação dos trabalhos de meus predecessores, ligeiramente complementada e acrescentada de novas observações que servirão para enriquecer a obra comum.

Cosmogonia. — Um dia, diz a lenda mundurucu, os homens apareceram sobre a terra. Ora, os primeiros homens que os animais das florestas viram por entre as selvas e as savanas foram os que fundaram a maloca de Acupari.

Certo dia, entre os homens da maloca de Acupari, surgiu Caru-Sacaebê, o Grande Ser. Não havia então sobre a terra outro tipo de caça que não a de pequeno porte, mas logo a caça grossa se multiplicou. Isso foi obra de Caru-Sacaebê, que de modo algum se esqueceu de ensinar todos os métodos de caça aos homens de Acupari.

Caru-Sacaebê não tinha mãe nem pai, mas tinha um filho, Caru-Taru, e um criado, Reru.

De certa feita, tendo voltado da caçada de mãos vazias, disse Caru pai a Caru filho: "Vai dar uma voltinha pelos vizinhos; parece que abateram tanta caça que não sabem o que fazer com ela."

Foi-se o pequeno Caru e fez uso de toda sua eloquência, mas os homens de Acupari que eram mundurucus de coração já empedernido, devolveram-no ao pai Caru com apenas as peles e as penas dos animais que tinham matado.

Entretanto, tudo isso fazia pai Caru apenas para experimentar o coração do povo. Sua presciência já lhe contara tudo o que poderia esperar, o que todavia não o impediu de sentir uma cólera medonha.

Não obstante, fez ele mais uma tentativa para constatar se não estaria enganado. Enviou pela segunda vez o pequeno Caru, que os advertiu e ameaçou. Os fariseus mundurucus riram-lhe na cara. Pela terceira vez partiu o jovem em embaixada e, desta feita, suplicou. Mas é mais fácil comover Shylock que um mundurucu, e o pobre mocinho foi ignominiosamente despachado por estes pré-históricos, mas já ferozes "caras-pretas".

O pai Caru, percebendo que sua presciência divina não o havia absolutamente enganado, entrou num furor indescritível. Uma por uma, fincou em redor da maloca de Acupari, pacientemente, todas as penas que seus infiéis discípulos lhe tinham zombeteiramente enviado, após o que disse pura e simplesmente: "Vamos ver!" E num gesto seco acompanhado de três palavras encantadas, pai Caru transformou em porcos bravos todos os habitantes de Acupari, não só os homens que se tinham mostrado cruéis, como também as mulheres e crianças.

Em seguida, olhando para as plumas que plantara em redor da aldeia, ergueu a mão de um horizonte ao outro. A este apelo, moveram-se as montanhas, e o terreno onde se localizava a antiga maloca tornou-se uma enorme caverna. Ainda hoje os mundurucus acreditam piamente que se escutam às vezes, da entrada da funesta gruta além da qual ninguém se arrisca, gemidos humanos que se confundem com grunhidos de porcos.

Quanto ao jovem Caru-Taru, sem dúvida desapareceu na tormenta, pois a partir deste momento não mais é mencionado na história.

Caru-Sacaebê foi-se dali acompanhado de seu fiel Reru. Enveredou pelos campos. Logo, fatigado de todas essas viagens, parou a um ou dois dias de marcha de Acupari. Aí, como Pompeu, bateu com o pé no chão. Uma larga fenda se abriu. O velho Caru dela tirou um casal de todas as raças: um de mundurucus, um de índios (porque os mundurucus não pertencem à mesma raça que os índios, mas são de uma essência superior), um casal de brancos e um de negros.

Aí onde Caru criou a humanidade pela segunda vez, era um lugar com um nome predestinado, Decodema[1]: decu, o macaco-aranha ou cuatá; dema, quantidade, abundância.

---

[1] *Decodema é a aldeia que o Doutor G. Tocantins escreveu erradamente Nicodemos, do nome do personagem da História Sagrada. (N. do A.)*

Índios, brancos e negros dispersaram-se "aos quatro ventos do céu" como nos diz a Bíblia; foram-se de par em par pelos ermos, onde lhes foi restituída a misteriosa tarefa de povoar a terra.

A quarta raça humana — o primitivo casal mundurucu — ficou em Decodema. Os mundurucus de Decodema não tardaram a se tornar tão numerosos que, sempre que se punham a caminho para irem à guerra, tremia a terra, sacudida até às entranhas.

Neste ínterim, o velho Caru-Sacaebê não tinha negligenciado a educação da raça de sua predileção. Ensinou aos mundurucus quase todas as coisas necessárias para que um homem chegue a ser completo e perfeito: plantar mandioca, cultivar milho, batata, algodão e diversas outras plantas. Mostrou como se prepara a farinha de mandioca. E, conquanto a história não o diga, sem dúvida ensinou ele próprio, ao Povo Eleito, a técnica da mumificação das cabeças, arte guerreira que constitui a principal glória dos mundurucus.

Depois, como Caru-Taru tinha desaparecido durante a reinstalação dessa nova humanidade, o velho Caru "produziu" um novo filho. Ah, de maneira muito simples! Tomou de sua faca, esculpiu um pedaço de madeira em forma humana e soprou-lhe em cima. O pedaço inchou, cresceu, e quando ficou do tamanho de um homem, Caru parou de soprar; Caru-Taru fora substituído. Caru pai chamou este segundo filho de Hanhu-Acanate. E como o velho Caru, na sua sagacidade, não tardou a perceber que a pobre criança tinha necessidade de uma mãe, escolheu uma na tribo, chamada Xicridá, com a qual passou a viver livremente daí por diante, como se tivesse sido ela a verdadeira mãe do pequeno Hanhu-Acanate, que o pai Caru bem soubera fazer à sua maneira.

Foi aí que, num momento de infinita bondade, o grande Caru-Sacaebê ensinou a seu povo mundurucu as tatuagens com as quais ainda hoje a tribo se adorna — e que outras não são que as do próprio Caru-Sacaebê!...

Hanhu-Acanate cresceu. Tornou-se um jovem atraente. Xicridá vigiava de perto a inocência do adolescente, muito preciosa, ao que parece. Mas as mulheres mundurucus não conhecem obstáculos. E o jovem Hanhu, menos feliz que o famoso José, deixou algo mais que seu manto nas mãos de alguma Putifar decodemense. Desta vez o grande Caru-Sacaebê perdeu a paciência: metamorfoseou Hanhu-Acanate em tapir e as mulheres culpadas em peixes; Reru foi arrebatado aos céus e nunca mais reapareceu, e quanto a Caru, primeiramente garatujou os estranhos caracteres simbólicos que se podem ver ainda sobre os morros de Arencré, depois os dos rochedos de Cantagalo, a uma altura onde a mão do homem não pode alcançar. Tendo assim deixado sobre os rochedos da terra mundurucu sua misteriosa assinatura, o Deus desapareceu de repente, não tendo nunca mais sido visto pelos mundurucus. Entretanto, o Deus criador e protetor, se bem que tenha aparentemente rompido com seu povo, não deixou de continuar sendo para sempre o Gênio tutelar de nossos bravos "caras-pretas".

Caru-Sacaebê é o deus mítico ou fabuloso dos mundurucus.

A lenda do cão. — Logo em seguida a este personagem, imediatamente abaixo na hierarquia mundurucu das coisas misteriosas, vem, teoricamente, o cachorro.

Eis a lenda no seu sabor nativo: Tendo Caru-Sacaebê partido pátria celeste, foram-se espalhando os mundurucus em redor da feliz Decodema. Florestas e campos não tinham mais segredos para eles. E primitivos, também eles se tornaram, naturalmente, "grandes caçadores diante do Eterno".

Um dia em que todos os bravos da aldeia tinham saído para uma caçada, tendo ficado na aldeia as mulheres e as crianças sozinhas, um desconhecido apareceu. Soube-se depois que se chamava Caru-Pitubê.

Primeiramente, Caru-Pitubê dirigiu-se para o equiçá, a maloca dos guerreiros, onde, comodamente instalado em uma rede, se pôs a tocar em sua flauta-grande melodias verdadeiramente extraordinárias. Uma das moças da maloca, certamente comovida e entusiasmada pelos sons daquela flauta quase mágica, aproximou-se. Ela se chamava Iraxeru. Chegou e ofereceu ao forasteiro a beberagem nacional, o *daú.*

Sempre espiando a moça, Caru-Pitubê saboreava o daú. O sol se pôs. A maloca estava silenciosa. Caru-Pitubê fazia durar o mais que podia um último daú, enquanto a bela jovem continuava de pé à sua frente, com um ar submisso.

A noite chegou, Decodema estava deserta: as mulheres e crianças tinham tomado o caminho das roças vizinhas. Eles estavam a sós.

Na manhã seguinte, ele lhe disse: "Nascerá de ti o assombro dos guerreiros da tribo. Não mates o que de ti nascerá."

Dito isso, Caru-Pitubê desapareceu.

Alguns meses mais tarde, o assombro, a indignação e o terror tomaram conta de Decodema: Iraxaru acabava de dar à luz um casal de cães!

Os irmãos de Iraxeru e sua própria mãe foram os primeiros a pronunciarem contra a infeliz uma sentença de morte.

Mas Iraxeru, como os algozes vinham para matá-la, pegou de seus filhinhos e fugiu, rápida como a ema, para a floresta, onde desapareceu levando nos braços trêmulos os frutos de seus misteriosos amores.

Por muito tempo errou pelas florestas; por fim, extenuada de fadiga, instalou-se à beira de um límpido riacho.

Entretanto, em pouco tempo a jovem mãe viu crescerem e ficarem fortes aqueles filhos que seu seio exausto a tanto custo amamentara, e que ela aquecera ao peito quando ardiam de febre à noite.

Daí a pouco, os cachorros corriam pelas matas e savanas trazendo, de suas caçadas, inúmeras perdizes, e logo Iraxeru passou a viver na abundância.

À noite, seus filhos eram para ela formidáveis guardiães, protegendo-a durante todos os momentos. As próprias feras afastavam-se, temerosas. Certo dia, Iraxeru voltou a Decodema e contou essas maravilhas.

Ela bem sabia que, se os guerreiros de Decodema não revogassem a sentença de morte que lhe fora proferida, somente ela morreria, pois seus filhos não teriam dificuldade para escapar à perseguição dos carrascos.

Sabia também que, se fosse a sentença revogada, a tribo mundurucu seria a rainha das florestas e pradarias, vitoriosa sobre todas as outras tribos, dominadora sem rival.

No entanto, os filhos de Iraxeru foram recebidos com aclamações unânimes por toda a tribo, que os reconheceu como seus próprios filhos.

Os mundurucus efetivamente tratam o cão como um verdadeiro filho, e as mulheres, quando é necessário, não hesitam até em lhes dar seu próprio leite e deitá-los na mesma rede em que repousa o recém-nascido, como se o cachorrinho e o pequeno mundurucu fossem realmente irmãos.

Dessa fraternidade beneficia-se o cão durante toda sua vida e até mesmo na morte: o cachorro morto é enterrado com piedade e quase tão cerimoniosamente como se se tratasse de uma criança ou uma mulher.

Antiga reputação dos mundurucus. — A história dos mundurucus baseia-se apenas na lenda. Não se pode esquecer que não foi senão em 1748 que o Tapajós foi inteiramente reconhecido por João de Souza de Azevedo, que o desceu de Mato Grosso a Belém.

Em 1817, Aires de Casal, na sua *Corografia Brasílica*, dá o nome de "Mundurucânia" à região compreendida entre o Tapajós, o Madeira, o Amazonas e o Juruena, em razão da preponderância numérica ou guerreira dos mundurucus nesta área. Os mundurucus, cujo habitat está hoje situado entre o Tapajós e o Xingu, teriam portanto vindo do oeste, o que levou alguns etnógrafos a julgarem que se deveria colocar o berço desta nação entre as populações andinas.

"Os mundurucus", diz ainda Aires de Casal, "têm o costume de pintar o corpo de preto com jenipapo". São numerosos, de alto porte, hostilizados e temidos por todas as outras nações, que os chamam de "paiquicés", o que significa cortadores de cabeças, porque têm o hábito de degolar todo inimigo que lhes cai no poder. Sabem ainda embalsamar essas cabeças, de sorte que as conservam por muitos anos com o mesmo aspecto que tinham no momento em que foram cortadas.

"Com esses horríveis troféus, adornam suas grosseiras e miseráveis cabanas. Quem puder exibir dez, estará apto a ser eleito chefe da horda".

"Os mundurucus conhecem as propriedades de diferentes plantas com as quais curam suas doenças, até mesmo as mais graves".

"Quase todas as hordas mundurucus são hoje nossas aliadas, e algumas são cristãs".

"A desumanidade dos mundurucus que ainda vivem errantes pelas florestas, matando impiedosamente sem levar em consideração idade ou sexo, tem obrigado muitos índios das tribos vizinhas a se refugiarem nas aldeias dos cristãos, onde podem viver em paz ao abrigo dos ataques dessas hordas de celerados".

Estatística dos mundurucus. — Gonçalves Tocantins cerca-se de precauções retóricas no momento em que apresenta sua estatística dos mundurucus, como se tivesse a consciência ou a presciência de que as cifras que vai mostrar parecem suspeitas de ser demasiado exageradas.

"É muito difícil", diz ele, ou mesmo impossível fazer um recenseamento exato desses índios, que têm suas malocas escondidas no fundo de brenhas inacessíveis.

"Além do mais, durante o estio, numerosas famílias abandonam as malocas e vão construir choças toscas no fundo das florestas, ali onde encontram caça mais abundante.

"Todavia, é certo que esta tribo constitui uma das mais poderosas e numerosas do vale amazônico. Alcide d'Orbigny protestaria se ela não fosse considerada uma nação, em vez de simples tribo. De longa data ela já constitui uma república muito bem organizada. As malocas centrais, situadas bem além da possível ação de nossas autoridades, gozam de uma liberdade sem limites, como se formassem um Estado independente.

"Na impossibilidade de proceder por mim mesmo a um recenseamento rigoroso, tive que confiar na informação de um habitante de Itaituba, que considero muito competente neste assunto. Refiro-me ao Tenente Joaquim Caetano Correia, importante comerciante que, por designação do Conselheiro Sebastião do Rego Barros, Presidente do Pará, exerce desde 1853 o cargo de Diretor dos Índios do Rio Tapajós".

Logo a seguir, prevendo a possibilidade de erro, Gonçalves Tocantins descarta da seguinte maneira sua responsabilidade científica.

"Se bem que esta pessoa das mais qualificadas não tenha jamais ido às aldeias centrais, ela contudo mantém estreitas relações com os mundurucus das margens do rio".

"Eis a estatística, tal como me foi fornecida pelo Sr. Tenente Joaquim Caetano Correia".

Esta estatística, que segue mais abaixo, difere bastante de minhas avaliações pessoais. Duvido muito que os mundurucus tenham em tempo algum atingido a soma de 18.910.

Evidentemente, o então Diretor dos Índios não pode ser acusado de ter agido de má fé. Mas ele realmente não subiu todo o Tapajós, e menos ainda o Alto-Tapajós ou o São Manuel, além do que as avaliações não foram feitas por ele, mas por pessoas pouco qualificadas para um trabalho que exige tanto prática e espírito crítico quanto noções de estatística. Pode ser também que os mundurucus, nestes últimos vinte anos, tenham sofrido — em razão de doenças, guerras e miscigenação com os brancos — uma redução numérica de extraordinária proporção. Assim é que, numa estatística aproximada abrangendo uma área bem mais ampla que a levada em consideração pelo Tenente Joaquim Caetano Correia, não cheguei senão a um total de 1.389, contra os seus 18.910. Podem-se ver, nos quadros estatísticos que encerram este volume, a relação pormenorizada de minha avaliação.

Logo após esta enumeração, o excelente Dr. Tocantins sente-se novamente assaltado por escrúpulos:

"Talvez", diz ele, "este cálculo seja um pouco exagerado, de vez que a população dessas malocas esteja sofrendo profundas modificações. A aldeia de Chacorão, por exemplo, está atualmente abandonada, e a de Baburé quase extinta. Se é certo que a população efetivamente selvagem não atinge hoje em dia a cifra de 18.000 almas, por outro lado estou convencido de que as antigas aldeias desta tribo, situadas outrora às margens do Alto e do Baixo Tapajós, ultrapassavam esta soma, isso sem falar dos mundurucus do interior: Mas os mundurucus da beira do Tapajós estão sendo pouco a pouco "absorvidos pela população civilizada, sendo que atualmente já nem mesmo compreendem mais a língua de seus avós."

ESTATÍSTICA DOS MUNDURUCUS

APRESENTADA PELO DR. GONÇALVES TOCANTINS DE ACORDO COM O TENENTE JOAQUIM CAETANO CORREIA

NOMES DAS MALOCAS	POPULAÇÃO
Danapone	1500
Carucupi	2300
Dairi	2600
Capipique	2000
Nicodemos	2100
Aicá (Samuunde)	1500
Acupari	800
Arencré	700
Arebaduri	400
Tein Curupi	500
Ipssãti	600
Cererepçá	500
Cabroá	500
Imburariri	350
Macapá	360
Ucuberi	250
Cabetutum	350
Chacorão	700
Airi	300
Bacabal (Missão)	500
Baburé	100
Total	18.910

A maloca mundurucu; a antiga Decodema. — É no interior, e não à beira do grande rio, que se encontra a típica maloca mundurucu primitiva. Eis a descrição que dá o Dr. Tocantins da antiga maloca de Decodema, que ele visitou em 1875:

"Decodema está situada sobre uma colina, numa extensa campina, não longe da mata".

"No centro da maloca encontra-se o equiçá ou quartel dos guerreiros".

"O equiçá consiste numa grande casa de cerca de 100 metros de comprimento, coberta de palha e aberta do lado do nascente em toda a sua extensão". Assim construída, a casa goza de uma ventilação perfeita, o que a preserva dos mosquitos de toda espécie, os quais, no meio da mata e nas margens dos rios, constituem para os moradores dessas bandas a vizinhança mais enervante. Os raios do sol nascente penetram livremente no equiçá e sua alegre luminosidade vem também aquecer o ar sempre impregnado dos úmidos e frios vapores da noite.

"No equiçá moram somente os homens válidos, os guerreiros e seus filhos com mais de oito anos". Cada guerreiro prende sua rede nos postes do equiçá, onde melhor lhe aprouver.

"No terreiro, e também voltadas para o nascente, alinham-se três filas de estacas unidas por travessões, onde os guerreiros penduram suas redes durante as belas noites de verão".

"Presos nas paredes ou suspensos do teto do equiçá, em cima de sua rede e à altura das mãos, o guerreiro guarda todos os seus pertences: arcos flechas, tacape e flautas".

"Dormem todos em redes de algodão que são tão pequenas que é preciso ficar imóvel para não cair no chão". Essas redes, é óbvio, são feitas pelas mulheres, que plantam e fiam elas mesmas o algodão.

"Durante a noite acendem-se duas pequenas fogueiras entre as redes dos guerreiros".

"Em redor do equiçá estão as casas das mulheres, onde também moram as crianças de ambos os sexos, os velhos decrépitos e os doentes".

"Em Decodema há cinco dessas choças, razoavelmente grandes, construídas com esmero, mais altas, fechadas de todos os lados, tendo como abertura apenas uma ou duas portas baixas". Tais choças não têm qualquer divisão interna, sendo ali tudo comum, mas cada mãe de família com seus respectivos filhos, velhos e doentes, toma conta de um canto e ali pendura suas redes. Perto dela ficam seus utensílios, vassouras, cestos, etc. No centro da casa há dois ou três fornos primitivos para fabricar a farinha de mandioca — fornos construídos simplesmente com pedras brutas, mais ou menos planas, empilhadas umas sobre as outras, deixando-se no meio um buraco para o fogo.

"Os guerreiros entram quando bem entendem nas casas das mulheres, mas estas jamais penetram no equiçá". É nas choças das mulheres que se guardam os objetos mais preciosos, tais como os enfeites de penas, os colares de dentes humanos, as cabeças inimigas mumificadas, etc.

"Cada vez que tive ocasião de entrar nessas choças, sempre encontrei as mulheres trabalhando: umas tecendo redes, outras fabricando farinha, essas preparando a caça, aquelas cozinhando, algumas assando bananas".

"Uma índia alegre e risonha, o rosto besuntado de urucum por cima de suas pinturas indeléveis, ofereceu-me um enorme verme repugnante que se contraía e destendia convulsivamente entre seus dedos, e que a diabinha queria a todo o custo colocar-me na mão, dizendo que era preciso que eu o comesse: Cobi-cobi, come, come!

Sentimento de sociabilidade. A Família. — O Doutor Tocantins, que apenas estudou um pequeno número de tribos de índios, mostra-se muito surpreso com o espírito de sociabilidade, ou mesmo de nacionalidade, que une tão fortemente entre si os indivíduos e as aldeias desta tribo, e se admira de como pode ter-se conservado, nestes ermos, longe do contato e da influência da civilização, a autonomia da "república" munducuru. De minha parte, tendo vivido desde 1881 em umas três dezenas de tribos indígenas, das fronteiras de Mato Grosso aos campos do Rio Branco, do maciço de Tumucumaque às cachoeiras do Uaupés, por toda parte, quer entre tupis, quer entre caraíbas ou aruaques, entre índios dos cerrados e entre índios das florestas, ou ainda entre os índios canoeiros dos grandes cursos d'água; por todo canto, a tribo indígena é a mesma: a imagem reduzida mas fiel da pátria civilizada. Entre nós e os selvagens não existe a distância que se imagina.

"Os mundurucus", continua o Doutor Tocantins, "são agricultores e caçadores. Todavia, sua insignificante agricultura não lhes fornece colheitas das mais abundantes. E a caça, mesmo sobre estes planaltos de rica fauna, não teria condição de alimentar regularmente um grande centro de população. À medida que a caça vai-se tornando mais parca, veem-se os caçadores na necessidade de avançar cada vez para mais longe em busca de animais.

"O gosto e a necessidade da caça, em lugar de reunir, de aglomerar os homens, tendem, ao contrário, a isolá-los sempre mais, pois não é senão sob a condição de serem poucos em relação à caça que esta os poderia alimentar".

"É por este motivo que as famílias mundurucus têm que se dispersar durante a estação seca. Durante minha viagem, encontrei algumas dessas famílias dispersas nas florestas do Cadariri ou às margens deste rio, vivendo da caça e refugiando-se à noite dentro de miseráveis choupanas.

"No entanto, apesar de tudo, conserva-se a tribo bem fortemente unida, conquanto dividida em vinte aldeias[1]".

"Não existe, seguramente, um centro do governo civil ou religioso ao qual todas estas aldeias prestem obediência, mas os laços morais que unem entre si as aldeias e os indivíduos são tão fortes que têm resistido, através da longa existência da tribo, a todas as causas de dissolução."

"As famílias são muito unidas, sendo tanto os pais quanto as mães extremamente ligadas a seus filhos, e capazes de enfrentar os maiores perigos a fim de protegê-los". As poucas crianças doentes que vi nas aldeias eram tratadas com a maior solicitude.

"Quando um mundurucu fala de algum indivíduo de sua tribo, sempre se refere ao outro como "um de nossos parentes", indicando assim que ele pertence à sua tribo, e não a outra qualquer".

Tatuagens e adornos. — Os mundurucus estão próximos do ponto em que a ideia de família se amplia em ideia de pátria. Os mundurucus têm um uniforme nacional. Este uniforme, porém, não consiste em calças e jaquetas de cores diversas, este uniforme é desenhado e pintado sobre sua pele.

"Quando dois mundurucus se encontram longe de suas aldeias, no meio das florestas ou navegando nos rios, podem-se reconhecer facilmente pelos uniformes, tatuagens e pinturas, o brasão nacional da tribo.

"A pintura dos mundurucus não é coisa de pouca importância". Trata-se de desenhos traçados com extrema habilidade pelas mãos de consumados artistas.

"O rosto e o peito são ornados de numerosos losangos perfeitamente desenhados. Na parte posterior do corpo aparecem linhas paralelas traçadas de alto a baixo do pescoço aos calcanhares; na mulher são as partes carnudas e as abdominais que ostentam desenhos muito variados nos detalhes, mas uniformes no conjunto.

---

[1] *O total dessas aldeias é de 50, mas elas a cada dia tornam-se menos importantes. (N. do A.)*

"Tanto os homens quanto as mulheres têm muito orgulho deste singular ornamento".

"A operação da pintura é extremamente dolorosa". Inicia-se quando a criança atinge a idade de oito anos. Como é natural, ela não se apresenta voluntariamente para o suplício, mas é tomada à força, lançada por terra e privada de todo movimento."

"Então, munido de um pontiagudo dente de cutia, o pintor traça os desenhos sobre o corpo da criança, que sangra, chora e geme".

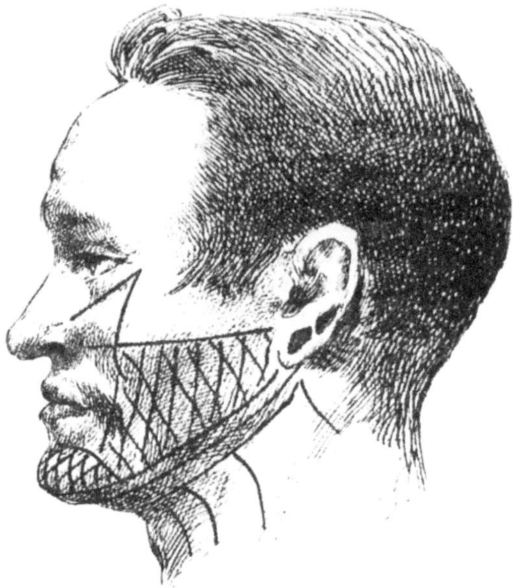

Gravura 34— Tatuagens mundurucus: o "capitão" Gabriel.

"Sobre os pontinhos vermelhos que constituem as linhas, aplica-se o suco de jenipapo". Este suco é indelével e sua cor azul escura não se apagará jamais.

"Geralmente as feridas se inflamam e a febre sobrevém". É por isso que a operação é feita durante o inverno, por ser menos intensa a ação do calor nessa estação.

"O trabalho é lento: deixam-se cicatrizar as primeiras feridas, e depois se prossegue". E a pintura final é de tal modo complicada que somente quando a pessoa chega aos vinte anos é que tem fim seu suplício.

"Todo o corpo do mundurucu é virtualmente coberto desses desenhos".

"E impossível", acrescenta o excelente Doutor Tocantins, "que algum outro povo os faça mais completos" — ora, viva! Isso é exato. —" e mais perfeitos"... Este último ponto é passível de discussão. De minha parte, acho que um aluno de nossas escolas primárias desenha melhor, a partir dos dez ou doze anos, que o mais genial dos artistas mundurucus.

"Estas tatuagens", diz ainda o Doutor Tocantins, "são o emblema da união íntima criada entre todos os mundurucus por Caru-Sacaebé."

Vai ver que é bem possível...

No que concerne aos adornos e ao vestuário — se é que se pode falar de vestuário em relação a pessoas que tanto apreciam desenhar na epiderme, eis o que escreveu, em 1882, na *Revista da Exposição Antropológica*, Rio de Janeiro, o ilustre sábio Barbosa Rodrigues.

Como todos os mundurucus que encontrei de Salto Augusto à Cachoeira das Sete Quedas estavam vestidos, é sem dúvida o velho "costume" dos mundurucus há pouco chegados das campinas que o grande naturalista descreve. Porque não acredito que o Frei Pelino de Castrovalva permitisse, há somente vinte anos, que homens e mulheres da Missão andassem por Bacabal vestidos apenas com suas pinturas. Por outro lado, é verdade que não há nada mais fácil do que ver um índio ou uma índia *in naturalibus*, pois esses primitivos não atribuem de modo algum à nudez a menor ideia de vergonha: libertam-se imediatamente de um ornamento estranho, e isso é tudo...

"A tribo mundurucu", diz Barbosa Rodrigues, "é a mais numerosa, a mais belicosa e a que melhor confecciona os ornamentos de penas".

"Ela é também notável pelas tatuagens bárbaras que emprega, sendo a que melhor se adorna nos seus dias de festa". Trata-se de um costume dos dois sexos, mas as mulheres não abusam tanto dele quanto os homens.

"Partindo do ângulo superior das orelhas, fazem um traço que termina no ângulo extremo dos olhos, juntamente com outro que passa por baixo do nariz, dando o todo uma vaga impressão de óculos. Ligando entre si os ângulos inferiores das orelhas, pintam uma larga faixa que passa sob os lábios e as mandíbulas, da qual partem, sob o maxilar inferior, linhas em ângulos. Traçam ainda linhas paralelas, à feição de colares, passando sob as clavículas, e, do ventre à virilha, desenham outras perpendicularmente."

"Fazem três furos em cada orelha, por dentro dos quais passam seus ornamentos nos dias de festa". Trazem os cabelos cortados ao redor da cabeça como os monges beneditinos, deixando crescer apenas os do cocuruto; a parte raspada é pintada com uma tinta que chamam de *cerá*."

"Para as festas das frutas e dos animais, pintam-se todos com o cerá, adornam a cabeça com o aquiri, que é um enfeite de penas entremeado de palha, com os cabelos do topo da cabeça puxados e colocados dentro de ornatos também de palha, e trazem a tiracolo o ixu, que é um adereço de penas onde encerram animais vivos."

"Por ocasião das festas guerreiras, ataviam-se com os seus mais trabalhosos e luxuosos adornos de penas".

"Os ornamentos variam segundo a categoria social à qual pertence o indivíduo, categorias sociais das quais eis os nomes indígenas:

"A tribo mundurucu está convencionalmente organizada em três divisões ou famílias, que se distinguem apenas pela cor dos ornamentos e pelo respeito que guardam entre si, as famílias Ipapacate ou vermelha, *Aririxá* ou branca e Lazumpaguate ou preta".

"Na primeira, a cor vermelha predomina nos ornamentos; na segunda, a amarela, e na terceira, a azul". Sãos as cores das penas de diversas araras que criam para este fim.

"Recobrem a cabeça com o aquiriaá, touca de penas com fitas pendentes dos lados. Pelos buracos superiores das orelhas, passam uma pequena flecha com um laço de fita e uma borla. Põem na cintura o tempeá, avental quádruplo de penas tiradas das caudas de araras. A tiracolo duplo trazem o cururape, feito de diversas plumas finas. Enfeitam antebraço com o bamã, espécie de dragona; cingem os pulsos com o ipeá, espécie de bracelete, e os jarretes com o caniubimã, espécie de jarreteira, assim como os tornozelos com o caniubieri, um tipo de tornozeleira de penas.

"Nessas festas, eles vêm munidos do irarê (arco) ou do putá, espécie de cetro, assim como das parina-á, as cabeças mumificadas de inimigos, fincadas na ponta do pariná-renape, uma espécie de lança."

O casamento, os funerais, o outro mundo. — "Entre os mundurucus, o casamento consiste num simples acordo entre os noivos e suas famílias, e não se reveste de maneira alguma de qualquer caráter religioso".

Acontece por vezes que um mundurucu fique noivo de uma menina ainda muito nova, com o consentimento da família dela, e, desde então, passa a tratar a jovem como sua futura mulher, fornecendo-lhe a caça e os outros meios de subsistência, só se realizando o casamento quando ela chega à puberdade.

"Enquanto dura o noivado, a jovem é considerada casada, e ninguém sonharia disputá-la a seu futuro marido".

"Uma vez celebrado, o casamento constitui um poderoso laço de união entre os dois esposos". A poligamia não é adotada na tribo, e todavia as cenas brutais de ciúme não são raras entre eles.

"Nas aldeias as mulheres não apenas são tratadas com certo desprezo, como além do mais são sobrecarregadas de trabalho". E um menosprezo constitucional recai sobre elas, as infelizes: não podem entrar no equiçá!

"E apesar de tudo, não obstante andarem totalmente nuas, evitam cuidadosamente as posições indecentes, a tal ponto que ninguém pode notar os períodos que são peculiares de seu sexo."

Estas são observações exatas. O homem é um animal bem uniforme. E — mas é necessário em primeiro lugar que se peça perdão aos grandes costureiros — e a mulher também! Quando se teve ocasião de passar quinze anos de uma tardia mocidade (que não foi absolutamente desprovida de investigação científica) através dos ermos onde nossos irmãos os homens e as mulheres selvagens vão, ambos nus, enfrentar sua vida ainda limitada, e contudo já incipientemente artística e social, então começa-se a refletir! — E, para nós outros europeus, basta que se tenha visto de perto nossos "senhores do destino", sua inteligência e seus corações, com suas individualidades geralmente medíocres, se bem que odiosamente poderosas; então a gente silencia e espera... mas dorme mal, esperando que finalmente nasça o novo sol!

Enquanto isso não acontece, é sempre reconfortante falar da morte.

No que concerne aos mundurucus, entretanto, a morte nada tem de medonha. Esses bravos selvagens sabem perder seus entes queridos com uma filosofia que os faria ser tomados por civilizados.

É porque têm a fé.

"Quando um mundurucu morre", diz Tocantins, "seja homem, mulher, velho, jovem ou criança, sua alma vai para uma outra vida numa espécie de paraíso.

"Este paraíso é uma campina sem limites; no meio encontra-se uma maloca tão enorme que nela podem todos os mundurucus se alojar".

"Finalmente, os espíritos viajam pelo espaço, e então produzem a tempestade. As vezes, descem à terra sob a forma da ave noturna chamada matintaperera, cujo estranho e prolongado grito subitamente repercute ao longe no silêncio das noites amazônicas."

"Depois da vida, além da morte, não há sofrimento, não havendo inferno reservado para os mundurucus". A vida de além-túmulo é infinitamente melhor que a da terra. Nenhum mau espírito poderá continuar perseguindo os mundurucus, e esta outra vida não terá mais fim.

"Quando um mundurucu morre, seus parentes cavam sua cova sob sua própria rede, em forma de um poço, sendo o cadáver aí colocado de cócoras". As armas, os enfeites de pena e alguns objetos miúdos são enterrados com ele.

Modo de vida dos mundurucus. — "Os mundurucus dominam um amplo território coberto de florestas virgens e campos. Sendo bons caçadores e possuindo excelentes cães, tiram da caça a base principal de sua alimentação."

"Têm também uma pequena agricultura, embora relativamente rudimentar, mas que lhes é de grande ajuda".

"O território produz ainda diversos frutos silvestres, alguns de excelente qualidade".

"Em resumo, a flora, a fauna e as produções agrícolas da área são as mesmas que no resto da Amazônia".

"Os mundurucus são muito sóbrios". Durante os dias chuvosos do inverno, sua alimentação se reduz a batatas, inhame, castanhas e daú.

"O daú é o prato favorito dos mundurucus". É preparado com castanhas.

"Para se preparar o daú é preciso cozinhar as castanhas, depois descascá-las, lavá-las e amassá-las; a seguir são colocadas em uma panela que é coberta com folhas e colocada no fogo durante uns oito dias".

"As castanhas sofrem então uma espécie de fermentação e exalam um cheiro muito forte".

"Então são amassadas e, isto feito, postas novamente a assar".

"Assim preparado, o daú conserva-se por longo tempo".

"Preparam também outro tipo de daú, ao qual se acrescenta carne ou peixe depois que as castanhas estão devidamente cozidas e amassadas".

"Em suma, portanto, a alimentação dos mundurucus é praticamente a mesma que a de todos os outros índios".

Guerras. — “As guerras destes bárbaros”, diz textualmente o Dr. Tocantins, “têm como única finalidade fazer cativos, que tanto podem ser mulheres quanto crianças de ambos os sexos. Os prisioneiros, todavia, são tratados na tribo exatamente como os próprios mundurucus. Fazem neles as mesmas tatuagens, as mulheres logo arranjam maridos, e, as crianças, pais adotivos, que são quase sempre os próprios mundurucus que as raptaram. Quando se fazem os preparativos para estes ataques, a irmã, a mãe ou não importa qual parenta do guerreiro não deixam de lhe dizer: “Traga um menino para ser meu filho.”

“As principais vítimas dos mundurucus são os parintintins, pois além do interesse na captura de prisioneiros, há o ódio morta que de longa data existe entre estas tribos.

“Tão logo ouvem dizer que um bando de parintintins apareceu em algum lugar, imediatamente os mundurucus lhes caem em cima. Entretanto, em relação às outras tribos, não existe este ódio entranhado. Corre entre os mundurucus o boato, provavelmente falso, que quando um deles tem a infelicidade de ser feito prisioneiro dos parintintins, estes o devoram vivo, com dentes bem afiados, “como uma onça comendo uma corça”.

“Inverídica ou não, esta tradição contribuiu para desenvolver entré os mundurucus a ideia de uma perpétua vingança a ser tirada dos parintintins.”

“E tudo isso efetivamente confirma aquilo que dissemos inicialmente, que as guerras dos mundurucus não são propriamente guerras, mas razias.”

“Quando chega o estio, organiza-se o ataque. Um certo número de mundurucus põe-se de acordo, prepara seus arcos, flechas, flautas de guerra e provisões, e eles põem-se em marcha.”

“Podendo, cada guerreiro segue acompanhado de sua mulher ou sua irmã. A tarefa desta vivandeira, que muitas vezes, não tem senão quinze ou dezesseis anos, consiste em arrumar a rede do guerreiro, preparar-lhe o daú, carrregar as coisas, ajudar a preparar as cabeças inimigas e conduzir os cativos; em suma, ela se ocupa de tudo o que for preciso a fim de que o guerreiro esteja completamente livre para o ataque.”

“E eles seguem em marcha tranquila, caçando, de maneira que levam semanas e até meses nessas expedições. À noite toda, a tropa se reúne para acampar.”

“Se encontram alguns rastros na imensidão das matas ou qualquer vestígio indicando a passagem de um ser humano, estudam a pista com faro e prudência pouco comuns. Se percebem uma maloca ou uma aldeia, fazem o reconhecimento no maior silêncio possível; caminham com tal leveza que não se escuta mesmo o ruído das folhas secas pisadas. Parece que andam sobre um tapete espesso. Sitiam a casa e aguardam a alvorada em silêncio.”

Então, com uma lança comprida cuja extremidade está impregnada de resina inflamada, põem fogo na casa e ficam de emboscada na porta.

“Acordados em sobressalto, os sitiados subitamente escutam este grito terrível: “*Mundurucus*!”

“Os homens que, desesperados, tentam romper o cerco, são logo transpassados pelas terríveis taquaras.

"As crianças, sentindo que a morte está a um passo, entregam-se voluntariamente ao inimigo."

"As mulheres quase sempre resistem lutando, e são feitas prisioneiras à força".

"Findo o ataque, tratam logo os mundurucus de bater em retirada com a maior diligência possível. Preparam-se às pressas as cabeças dos cadáveres inimigos. Quando os mundurucus sabem ou receiam estar sendo perseguidos, viajam noite e dia. À noite, iluminam a trilha com tochas feitas de uma madeira resinosa que denominam uixique-taque, e que os índios do Baixo Tapajós conhecem pelo nome de "pau-candeia". Esta madeira, seca, inflama-se facilmente, soltando chispas e fagulhas quando o índio corre com o archote na mão."

"Quase sempre essas expedições são tão longas que as provisões se acabam e então o bando se alimenta de castanhas, na falta de farinha e batatas". Sendo prolongadas as privações, muitos estão bem magros quando chegam.

"Afirma-se que todos os anos, os mundurucus empreendem tais ataques, e que sempre voltam deles com cativos".

O excelente Dr. Tocantins, como se pode ver por todas essas citações, experimenta pelos mundurucus aquela simpatia que sente o artista por um assunto curioso. Barbosa Rodrigues também não escapa de partilhar o mesmo sentimento. Seja quando trata do pariná, a cabeça mumificada, seja quando descreve o pariná-te-rã, a festa da cabeça mumificada, deixando aflorar seu temperamento de artista, o ilustre sábio permite-nos ver que sente um certo prazer em iniciar-nos nos usos e costumes desses pitorescos mundurucus. Reproduzirei aqui estes dois curiosos trechos antes de apresentar minhas modestas conclusões pessoais sobre esta tribo e seu futuro.

O PARINÁ, ou a cabeça mumificada. — "*O pariná* é o mais raro dos troféus de que se orgulha a tribo mundurucu, e é também o que se obtém mais dificilmente".

"Este que é mostrado na gravura foi copiado de uma fotografia do Sr. Insley Pacheco, reduzida à metade".

"Representa a cabeça de um rapaz de cerca de vinte anos reduzida à dimensão do crânio de um macaco comum". Os cabelos, que parecem longos, no seu tamanho natural, não desciam abaixo dos ombros, sendo os curtos os que caíam sobre a testa. Os cabelos permanecem no seu verdadeiro comprimento de quando o indivíduo estava vivo. Pela comparação dos cabelos de uma pessoa viva com os do morto, pode-se ver a proporção em que a cabeça foi reduzida.

"Conheço perfeitamente o método que utilizam para a mumificação e a redução, pois acompanhei a preparação de uma cabeça e o processo que foi empregado por um membro da tribo".

"Os peruanos também mumificam cabeças que ficam semelhantes às preparadas pelos mundurucus; desconheço se o processo é o mesmo".

"Eis como se preparam esses horríveis troféus que concedem, a quem os conquista, as honras de guerreiro notável".

"Logo após um ataque, ao fim da batalha, cada combatente que teve a ocasião de cortar uma cabeça inimiga, dá início, ali no próprio local, ao trabalho de conservação de seu troféu, que é concluído em sua maloca".

Gravura 35 — Cabeça humana mumificada, preparada pelos mundurucus.

"Ele começa por arrancar-lhe os dentes, que vão servir para o pariná-te-rã, durante o qual o tuxaua o recompensará cinco anos mais tarde; depois arranca-lhe os olhos e extrai todo o interior da cabeça, qual hábil taxidermista, descobrindo inteiramente o crânio e deixando-o preso apenas pela frente. Aí, com grande habilidade, separa dos ossos os músculos e a pele, jogando fora aqueles.

"Puxando para fora, sem distender, o interior da pele do crânio, corta, com um estilete de bambu, quase toda a musculatura. Então, limpa tudo, seca bem e unta com óleo de capivara, por dentro e por fora, após o que, com estopa, penas, raízes e folhas aromáticas comprimidas, empalha a cabeça, tendo o cuidado de reconstituir-lhe as formas naturais, sem desfigurar o indivíduo.

"Espalhada e suspensa sobre um moquém, ela seca aos poucos pelo calor e pela fumaça". O óleo é absorvido e, quando a secagem está bem adiantada, diminui-se o "recheio" da cabeça, untando-a novamente com óleo, e assim vão-se repetindo intermitentemente estas operações, até ao ponto em que a pele não possa mais contrair-se.

"Então costuram-se os lábios, prendendo-os com linhas, deixando pendente um ornamento de fios de algodão pintados de urucu".

"Passa-se pelo alto do crânio uma corda comprida que permite que se carregue o troféu pendurado pelos lados". Entretanto, a não ser nos dias de grandes festas, a cabeça é mantida no moquém, o que, juntamente com óleo, a conserva a salvo dos insetos, logo lhe conferindo também uma indelével cor negra.

"A cabeça aqui reproduzida mede, de uma orelha a outra, passando sob o nariz, cinco centímetros; do occipital aos lábios, nove centímetros e meio, e 6 centímetros de comprimento".

"*A festa do pariná-te-rã.*— A tribo dos mundurucus, a mais guerreira da Amazônia, é também a que mais solenemente festeja suas vitórias e chora os seus bravos."

"Os heróis têm duas recompensas: a primeira consiste no direito de ficar na linha de frente no campo de batalha; a segunda lhe é concedida pelo chefe como uma distinção quando, desgraçadamente malferidos, não puderem fazer juz à primeira".

"A primeira é o *parina-á*, que indica ser o portador um vitorioso, e a segunda é de uma um faixa de algodão que o tuxaua tece e enfeita com os dentes maxilares de um inimigo. Esta insígnia não é concedida apenas aos feridos, mas distingue também as famílias: *a faixa de algodão* ou *faixa dos inimigos* é igualmente dada à viúva de um guerreiro morto em combate, e em ambos os casos, quer para o ferido, quer para a viúva do herói, a regra é a mesma: quem possui a faixa para de trabalhar e é sustentado pela tribo, como um imposto pago por aqueles que usufruem da paz assegurada pelos que tombaram no campo de batalha.

"Este privilégio de ser sustentado" pela tribo também favorece o possuidor do *pariná-á*, mas para ele não dura mais do que cinco anos, ou seja, o tempo que decorre entre a batalha em que se conquistou a cabeça inimiga e a festa comemorativa do *pariná-te-rã*, cinco anos depois. Terminada a festa, a cabeça não tem mais valor como insígnia, e o privilégio cessa; mas para quem possui uma faixa dos inimigos, ele dura a vida toda.

"Essas festas guerreiras têm uma singular e típica grandiosidade".

"Depois de uma campanha, quando chegam todos os guerreiros e as mulheres que os acompanharam, o tuxaua ordena uma grande caçada". Quando esta termina, reúne-se a aldeia no dia marcado para assistir à confecção, pelo tuxaua, das faixas nas quais ele prende os dentes inimigos, estando estes previamente limpos e perfurados por seus subalternos.

"A confecção das faixas é acompanhada de cânticos nos quais a vingança é pintada com cores sedutoras; apelando para o patriotismo, o bardo faz ver que, para cada morto da tribo, é necessário um outro nas fileiras inimigas".

Eis uma das canções, à maneira de refrão:

Beque bequiqui otejê Oxê urupanum rane ejê
Oxê urubê ã aum ejê
Beque mum oxê capicape nançum

"(Lembremo-nos, meus amigos, que este trabalho que agora fazemos nos foi legado por nossos pais)".[1]

"Durante este tempo, toda a tribo está lá reunida, nua, e finda a cerimônia, dirige-se para o *equiçá* (quartel-general), onde pega suas armas e põe suas vestimentas de festa."

---

[1] *Trata-se, indubitavelmente, do mundurucu hierático, por apresentar apenas alguma semelhança com o mundurucu vulgar. (N. do A.)*

"Eles ficam formados em fileiras perto do quartel-general e com as faixas, coloca-se numa das extremidades, dirigindo-se o tuxaua com os cabelos soltos, aqueles que vão ser recompensados". Durante tempo ressoam as modulações estridentes da trombeta de guerra, o ofuá, e à medida que o tuxaua vai com suas próprias mãos colocando as faixas, os já distinguidos se dirigem para o quartel. Quando são condecorados feridos, apresentam-se três viúvas designadas pelo chefe, uma de cada divisão social, a fim de também receberem sua recompensa. Estas trazem, em lugar de um colar de dentes inimigos, o cururape de seu marido e, em cada mão um putá, um que pertence a um velho e outro que foi de um morto em combate (axirau).

"Terminada esta cerimônia, soam os curuquês, grandes instrumentos de som aterrador, e todas as mulheres, precedidas pelos condecorados e seguidas dos homens, acompanham-nos em coro, batendo os pés no chão num barulho que se escuta ao longe. Durante a cerimônia, servem-se diversas iguarias, entre elas a manicuera. A festa começa às seis da tarde e termina com a aurora. Então, reúnem-se no quartel e lá o chefe corta os cabelos dos feridos que agora estão revestidos de seus ornamentos, mas que só retomam seus lugares no dia seguinte, quando continua a festa que se prolonga por tanto tempo quanto seja preciso para condecorar todos os feridos."

CAPÍTULO VIII

Honras fúnebres aos guerreiros mortos pelo inimigo. — Festas em honra da caça, da pesca e da agricultura. — Pena de morte contra os feiticeiros. — Rochedos desenhados de Arencré e Cantagalo. — Os mundurucus, hoje em dia. — O habitat atual dos mundurucus.

Honras fúnebres aos guerreiros mortos pelo inimigo. — "Quando", diz o Doutor Tocantins, "acontece, numa de suas guerras, que um guerreiro mundurucu morre em combate, seus companheiros cortam-lhe a cabeça para mumificá-la pelo processo já conhecido".

"De volta à aldeia, a cabeça é colocada, num lugar reservado, juntamente com as armas, os adornos e a flauta-grande do falecido".

"Esta relíquia torna-se objeto de veneração pública".

"Se por lá passa algum mundurucu das aldeias vizinhas, vai prestar as honras fúnebres à cabeça cortada, chorando e lamentanto a triste sorte do morto".

"Na aldeia natal do falecido, preparam-se homenagens públicas para um dia marcado com longa antecedência, e as aldeias vizinhas são cerimoniosamente convidadas para a solenidade".

"Quando chega a época determinada, a cabeça é colocada numa espécie de cesto que a viúva, a mãe e as irmãs do morto carregam sobre os ombros".

"As outras mulheres sentam-se no chão, fazendo um círculo em torno das mulheres da família". Tochas de madeira resinosa ardem ao lado do cesto funerário.

"Os guerreiros, vestidos, ataviados e armados de arcos e flechas, dançam em redor do grupo, tocando as suas flautas e trombetas".

"Formam-se outros grupos de homens, uns ficam no equiçá, outros cantam e dançam ao redor da casa onde se encontra a preciosa relíquia, objeto dessas honras fúnebres". Simultaneamente, entoam-se em altas vozes estas lamentações cantadas:

"Tu morreste e nós te vingaremos, é por isto que viemos ao mundo: para vingar os nossos que sucumbam nos combates. Nossos inimigos não são mais valentes ou mais capazes do que nós."

"Essas honras fúnebres duram mais de um dia". São celebradas nos quatro primeiros anos que se seguem à morte do guerreiro.

"A festa do quarto ano termina pelo enterro da cabeça". Nesta ocasião homens e mulheres dirigem à relíquia as seguintes palavras:

"Meu irmão, meu filho, aqui estamos para fazer teu enterro e foi para este fim que nasceste. Morreste na guerra porque eras valente, é para isto que nossos pais e nossas mães nos criaram. Não devemos temer os inimigos. Quem morre na guerra, morre com honra; não é como aqueles que morre de doença. Viemos de todas as malocas para chorar e dançar até ao fim de teu enterro."

Depois são apenas as mulheres que vêm por seu turno fazer um círculo em redor do cesto funerário, proferindo uma alocução como se fosse o próprio morto que estivesse falando: "*Minha mãe, minhas irmãs, vós morrereis em vossas redes, quanto a mim, morri na guerra por ter sido valente*".

"Durante essas festas, os pajés tocam um instrumento especial, uma espécie de trombeta chamada caruquê". Para isso, ele se esconde numa pequena cabana onde é expressamente proibida a entrada das mulheres. Aliás, criadas dentro dessa superstição, as mulheres evitam a todo o custo exporem-se a ver este instrumento misterioso e sagrado. Intimamente, estão convencidas de que, mesmo se por inadvertência, ainda que se por um só instante chegassem a ver o caruquê sagrado, estariam cometendo um sacrilégio que lhes acarretaria desgraças para o resto de sua vida.

(Do mesmo modo que as mulheres uaupés em relação ao macaraua e aos paxiúbas.)

Finalmente, no interior da casa onde mora a família do guerreiro morto, cava-se um buraco vertical no qual se enterra a cabeça em cuja honra celebraram-se as festas.

Festas em homenagem à caça, à pesca e à agricultura. — "Cada aldeia mundurucu ainda celebra", no começo de cada inverno, uma festa pública, alternando-se num ano em homenagem à caça e no outro em homenagem à pesca.

"Para tanto, a aldeia elege um diretor da festa, escolhendo-se naturalmente um que seja ao mesmo tempo prestigiado guerreiro e excelente cantor".

"Faz-se previamente abundante provisão de caça, beiju, batatas e outros diferentes gêneros alimentícios".

"As mulheres printam-se de jenipapo, de urucum e de outras tintas de cores berrantes".

"Homens e mulheres, ataviados com seus enfeites de penas e também com colares de dentes dos inimigos, reúnem-se em grupos onde e como acharem melhor, e começam a tocar, dançar e cantar".

"Reúnem diversas cabeças de antas, de veados e de outros animais terrestres e aquáticos, e lhes oferecem os melhores petiscos, daú, tarubá, manicuera e vários outros."

"A meia-noite, retira-se o pajé para um quartinho reservado, onde nenhum olhar profano pode penetrar". Ali, no seio de trevas profundas, evoca em alta voz a mãe (ou o espírito) do tapir em primeiro lugar, se a festa for consagrada à caça.

No fim de alguns instantes, os assistentes que se encontram ao redor da misteriosa choça não demoram a escutar o grito agudo do tapir.

"É o pajé que imita o grito do animal, para fazer crer aos assistentes o espírito invocado atendeu ao seu apelo e que lá está às suas ordens dentro da cabana misteriosa".

"Então começa em voz alta um animado diálogo entre a "mãe" do tapir e o pajé". Este solicita que durante o ano em curso, seja ela propícia aos caçadores da aldeia, não permitindo que seus filhos se escondam muito longe, mas que, pelo contrário, se mostrem em grande número. A resposta é sempre favorável.

A seguir, invoca a "mãe" do cervo, e sucessivamente as "mães" de todos os outros animais que os mundurucus desejam encontrar em suas caçadas.

"A festa em honra dos peixes é em tudo semelhante à festa comemorativa da caça".

"Além dessas festas consagradas aos espíritos tutelares da caça e da pesca, os mundurucus ainda celebram anualmente, no início do verão, uma outra festa dedicada à agricultura.

Homens e mulheres entram em fila, tocando uma espécie de trombeta chamada "quen", dançando, cantando e invocando as mães da mandioca, do milho, etc, da seguinte maneira:

"Mãe da mandioca, favorece-nos. Não nos deixes sofrer privações. Todos os anos endereçamos a ti nossas preces, sem nunca te havermos esquecido."

"Os pajés começam a cantar esta invocação e o povo responde em coro".

Pena de morte contra os feiticeiros: Tanto Fr. Pelino de Castrovalvas quanto o Doutor Tocantins acusam os mundurucus de matarem os que faziam "bruxarias", ou eram considerados feiticeiros. Não pretendo discutir tais asserções, se bem que me sinto bastante inclinado a não confundir as "bruxas" indígenas com as personagens às quais entre nós se atribui tal nome. Esta denominação é consequência de uma assimilação algo precipitada, fruto da necessidade de estabelecer paralelos e de buscar a simetria, e faz lembrar, numa outra ordem de fatos, os trabalhos daqueles missionários da América do Norte, os quais, no século XVIII, fundiam suas gramáticas iroquesas ou huronianas na forma da gramática latina.

Ninguém sondou ainda bem profundamente os mistérios da alma indígena. De minha parte, sempre os índios me pareceram antes céticos que supersticiosos. E sempre tive a impressão de que me contavam suas histórias, nas quais o maravilhoso tem participação, com aquele jeito especial que deviam ter outrora os narradores das fábulas medievais ou das canções de gesta. Eis entretanto, a título de documento — e de documentos que condenariam minha teoria — duas opiniões de pessoas cujo conhecimento da matéria merece por certo ser levado em consideração; uma, do Fr. Pelino de Castrovalvas, fundador da Missão do Bacabal; outra, do Doutor Tocantins.

"Uma das superstições mais enraizadas entre os mundurucus", diz o frade, "é a referente às bruxarias". O que eu ainda não disse ou não fiz para lhes arrancar do coração uma tão perniciosa superstição? E quantas mortes esta superstição não terá provocado antes da fundação da Missão? E quando já me persuadira de ter levado os mundurucus a detestar um tão abominável vício, bastou um dia de ausência do missionário para que se vissem reproduzidos os antigos fatos.

"Quando desci a Belém no ano passado (1875), aconteceu que índios da Missão caíram doentes e morreram."

"E os índios apregoando que era feitiço."

"É preciso matar os feiticeiros, diziam. Eles querem matar-nos, é só acabar com eles!"

"Eles designaram quatro jovens da Missão para serem imolados como feiticeiros". Encontraram um, chamado Ismael; os outros, avisados a tempo fugiram e nunca mais voltaram.

Ismael foi morto; recebeu dois tiros de fuzil, que foram completados com fortes pancadas na cabeça.

"Foi José da Gama que ordenou esta execução. Ismael encontrava-se na mata, defronte à Missão, do outro lado do rio. José da Gama enviou seus executores pela manhã, e como dera meio-dia e eles ainda não tinham voltado disse: Esses sujeitos não servem nem mesmo para matar um homem; eu mesmo irei lá!" Mas, quando chegou, Ismael já fora assassinado. Então, satisfeito, voltou José da Gama com os carrascos, após ter abandonado aos urubus o cadáver de sua vítima.

"Esse Capitão José da Gama", diz agora o Doutor Tocantins. "foi cacique de uma antiga aldeia que existiu na margem do Tapajós; ele veio com toda a sua gente para a Missão do Bacabal". Seu nome indígena é Mari-Baxi; Frei Pelino, quando tinha de se ausentar por algum tempo, deixava-o sempre dirigindo a Missão. Trata-se de um índio enérgico e resoluto, que já antes da fundação da Missão tinha assassinado diversos de seus companheiros, acusados de serem feiticeiros, entre eles seu próprio irmão, que ele atirou no meio das cachoeiras, com uma pedra ao pescoço.

"Se Mari-Baxi ainda hoje comete atos de tal natureza numa Missão que está sob a supervisão do Governo, pode-se fazer ideia do que são capazes os tuxauas das aldeias centrais". Este fato aconteceu em 1875, quando eu me encontrava fora da Missão do Bacabal, visitando as aldeias das campinas; na volta, passei dois dias na Missão, cuja direção, durante a ausência do missionário que tinha ido a Belém do Pará, fora entregue por Fr. Pelino a Mari-Baxi em pessoa!

Mari-Baxi recebeu-me com inúmeras atenções e demonstrações de amizade, mas absolutamente nada me disse sobre o crime que vinha de cometer. Ele e seus cúmplices guardaram inviolável segredo em relação a esse assunto. O próprio Frei Pelino, que só chegou à Missão alguns dias após minha estada, não teve conhecimento do fato senão muito tempo depois.

Foi quase nesta mesma época que ocorreu, numa das aldeias das campinas, o seguinte fato: Algumas índias tinham ido banhar-se num riacho próximo à aldeia. Na volta, cada uma levava para casa, sobre a cabeça, uma cabaça cheia d'água. Quando menos esperavam, surgiram quatro mundurucus e, apoderando-se de uma delas, moça de seus dezoito anos, transpassaram-na com suas enormes lanças de bambu. As companheiras da vítima estacaram, geladas de terror, mas os assassinos lhes disseram: "Sigam seu caminho, ela era uma bruxa."

"O cadáver da jovem índia lá ficou todo o resto do dia". No dia seguinte, o corpo foi atirado em uma fogueira e queimado.

Outro caso: À beira do Tapajós, na casa de um sertanejo, vive uma índia mundurucu de seus vinte anos, coberta das pinturas de sua tribo e ainda não batizada, não obstante seja conhecida pelo nome cristão de Sebastiana. Ela fala um pouco o português e é muito expansiva.

"Ela conta que sua família morava na aldeia de Carucupi, no Cururu". Grassaram por lá febres malignas, e muitos índios sucumbiram. Foi aí que a mãe da moça índia tomou a si o encargo de assistir alguns doentes.

"Num dia em que a velha índia voltava do trabalho, suas amigas íntimas lhe disseram em segredo: "Faça com que seus doentes morram". Já estão dizendo que você é feiticeira..." Sem perder tempo, a velha índia, de comum acordo com seu marido, tomou uma resolução enérgica: abandonou a aldeia naquela mesma noite, levando consigo duas filhas e um filhinho. E durante toda a noite e todo o dia seguinte ela escutou os ladridos dos cães que estavam em seu encalço, precedendo os assassinos.

"A desditosa família, depois de muitos dias de longas marchas na mata, chegou por fim ao Tapajós e nunca mais retornou a Carucupi ou a qualquer outra aldeia".

Esta mesma índia narra um outro caso não menos triste acontecido na ocasião das mesmas febres. Poucos dias antes de ter fugido com sua mãe, estava a menina com algumas amigas na maloca de Acupari. Uma noite, jantaram juntas, como de ordinário, sem nada notar de anormal. Mas de manhãzinha ela foi acordada em sobressalto por um grito de desespero e agonia que ouviu a seu lado. Logo em seguida, ela viu dois mundurucus que passavam perto de sua rede, antes arrastando do que propriamente carregando o cadáver de uma sua companheira, o peito atravessado pela lâmina aguda da taquara. E como a mocinha parecia não estar inteiramente morta, os miseráveis estrangularam a infeliz em sua própria rede. O cadáver nu e ensanguentado foi encontrado pelos outros mundurucus, quando se levantaram, no terreiro da maloca, e ainda lá se achava quando a noite chegou."

"Casos deste tipo não são raros, de onde se deduz que as execuções por acusação de feitiçaria são frequentes". Segundo afirmam, no tempo em que Caru-Sacaebê vivia entre eles, não se viam nem bruxas, nem feitiços.

"E nisto se resume todo o código criminal dos mundurucus".

"Não há exemplo de que um mundurucu jamais tenha sido morto por outro, senão... por motivo de feitiçaria. Quando surge entre dois mundurucus da mesma aldeia um ódio violento, na maioria das vezes um deles arranca a sua rede e vai pendurá-la no equiçá de alguma aldeia vizinha, onde passará a viver até quando quiser."

Quanto a mim, não vejo os mundurucus com olhos do meu amigo Doutor Tocantins, e de tudo quanto foi por ele dito, parece-me que só se pode concluir o seguinte:

OS MUNDURUCUS NÃO PRATICAM NEM A JUSTIÇA, NEM O DUELO, NEM A GUERRA. MAS SOMENTE O ASSASSINIO.

Rochedos desenhados de Arencré e de Cantagalo. Nas campinas dos mundurucus, entre a antiga Acupari e a primitiva maloca de Decodema, consta que existem, nos morros de Arencré, numerosos desenhos gravados na rocha por antigos artistas mundurucus, desenhos primitivos e infantis, diga-se de passagem, como todas as gravuras dos índios do ocidente das Américas. O Doutor Tocantins confessa não ter tido ocasião de vê-los.

A lenda mundurucu diz que Caru-Sacaebê, depois de ter destruído a maloca de Acupari para castigar a ingratidão de seus habitantes, veio fundar Decodema que se tornou, deste modo, o berço do gênero humano. Então Caru-Sacaebê gravou esses caracteres entre as duas aldeias para deixar um monumento que perpetuasse a lembrança desse feito memorável.

Depois, quando Decodema tornou-se forte e poderosa, e Caru-Sacaebê deixou então a terra para não mais voltar, traçou igualmente os desenhos de Cantagalo, quando descia o Tapajós para sempre.

Circunstâncias independentes de minha vontade impediram-me, tanto na ida quanto na volta, de visitar os desenhos de Cantagalo, tendo sido extraídos os aqui reproduzidos da obra "*Estudos sobre a Tribo Mundurucu*, pelo engenheiro Antônio Manuel Gonçalves Tocantins".

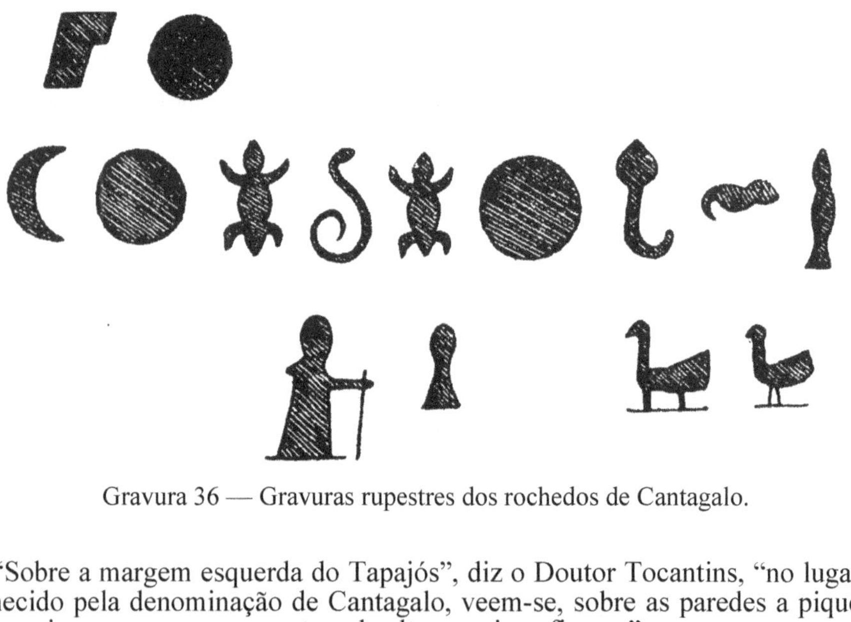

Gravura 36 — Gravuras rupestres dos rochedos de Cantagalo.

"Sobre a margem esquerda do Tapajós", diz o Doutor Tocantins, "no lugar conhecido pela denominação de Cantagalo, veem-se, sobre as paredes a pique sobre o rio, com quase cem metros de altura, quinze figuras".

"Elas lá estão há tempos imemoriais", tendo sido vistas pelos mais antigos viajantes destes ermos e pelos mais velhos mundurucus de modo idêntico a este em que hoje se encontram, mas ninguém conhece seu significado.

"São de coloração ocre". Ficam acerca de oito metros acima do nível das mais altas águas do Tapajós.

"Hoje em dia seria impossível a um homem desenhá-las nesta altura, mesmo com o auxílio de um andaime, pois o rio forma, ao pé do morro, uma pequena angra onde a correnteza é violenta, especialmente na época em que o nível das águas sobe".

"Não tentarei arriscar qualquer conjectura sobre a origem ou o significado desses caracteres". Seja-me apenas permitido lembrar que Humboldt igualmente encontrou, às margens do Orenoco e com a idêntica circunstância de se encontrarem a uma altura inacessível à mão do homem, caracteres do mesmo tipo.

"Se bem me recordo, o ilustre sábio é de opinião que, em épocas longínquas, o nível das águas do Orenoco era bem mais alto que o atual".

"Acredito que se possa aplicar esta explicação aos desenhos de Cantagalo."

A hipótese de Humboldt continua sendo a mais verossímil de todas as que se aventaram a propósito dessas gravuras rupestres da América do Sul. Permitam-me apenas acrescentar uma reflexão, a seguinte: conquanto infantis, tanto os desenhos quanto, sobretudo, a ideia de com eles decorar rochedos elevados ou pedras chatas de cachoeiras, constituem provas incontestáveis de uma superioridade intelectual e de uma maior disposição para a civilização por parte dos misteriosos artistas que nos deixaram tais hieróglifos que, embora talvez valesse a pena, até hoje não atraíram algum novo Champollion. Naturalmente, quando digo superioridade intelectual e maior disposição para a civilização, faço-o somente em comparação com os índios de hoje. Ou estes estão em plena decadência, quanto já teriam estado outrora a um passo de alcançar uma civilização autóctone, ou então a raça indígena que conhecemos não é a mesma que produziu os artistas dos hieróglifos americanos.

Os mundurucus, hoje em dia. — Tudo o que acabamos de dizer sobre os mundurucus, baseados em nossos predecessores e em nossas observações pessoais, refere-se bem mais à realidade de ontem do que à verdade de amanhã: os mundurucus estão em plena decadência, tanto do ponto de vista social ou moral quanto do ponto de vista econômico.

Estes índios já não são mais os "terríveis mundurucus" de até há pouco, para o pessoal civilizado do Tapajós eles não passam de "campineiros", "caras-pretas", ou ainda "cabeças peladas". No seu ocaso, esta tribo quase não mais representa para quem quer que seja, mesmo para os índios das pequenas tribos vizinhas, um objeto de terror; daí o cair no descrédito geral não há mais que um passo, que os últimos mundurucus não tardarão a dar. Já melhor conhecidos, tendo a decadência revelado sua verdadeira grandeza, em lugar dos valentes mundurucus a quem se atribuíam os costumes e as festas do gênero daquele que Chateaubriand emprestou aos *natchez*, não existem senão vulgaríssimos bandidos dos ermos, viajando em fortes bandos de 100 e às vezes até de 200, quase a quinta parte da tribo, para cair à noite de surpresa sobre as aldeias sem defesa e confiantes, incendiando e matando para conseguir as cabeças que irão mumificar, e para roubar mulheres, moças e meninas, das quais farão suas concubinas e escravas, e também meninos, que logo irão adestrar no ofício de bandidos. Eles estão estabelecidos sobre uma das grandes vias de penetração do centro do continente; seus campos e florestas prestar-se-iam perfeitamente para a colonização europeia, e ainda com mais razão para a colonização local. Pode-se tranquilamente apostar que não se passarão muitos anos antes que se possa ver o derradeiro feiticeiro mundurucu mumificar pela última vez uma cabeça humana...

Atualmente, eles se encontram naquele estranho período da evolução humana onde o selvagem, tendo conservado integralmente as ideias e em grande parte os costumes daquele período histórico do qual não se libertou completamente, dá seus primeiros passos num estágio novo que é a civilização. Neste caso, ou existe a igualdade racial e então a variedade inferior se adapta à superior, toda ela sobrevivendo, embora transformada, ou então tal igualdade não existe e, por ora, a despeito dos duvidosos resultados das mestiçagens mais ou menos felizes, a variedade inferior soçobra e não demora a desaparecer para sempre.

E eles desaparecerão inteiramente, de vez que são de pouco se miscigenar com a população civilizada. O que se considera ainda hoje como o "sertão dos mundurucus" brevemente estará transformado em nada mais que a tapera de uma sinistra tribo extinta.

O habitat atual dos mundurucus. — As terras por onde vagueiam os mundurucus compreendem enormes espaços a oeste e a leste do Tapajós.

A "Mundurucânia" atual estende-se de cada catarata do Tapajós até às cercanias do Xingu e do Madeira, entretanto a maior parte da tribo concentra-se na região dos campos do Cururu-Cadariri. Os mil e poucos mundurucus de hoje estão repartidos em diversos grupos (vejam-se os Quadros Estatísticos do fim do volume), que presumo assim poder relacionar: Tapajós, afluentes do Tapajós, Alto-Tapajós, afluentes do Alto-Tapajós, São Manuel, Sucunduri. E na região dos afluentes do Tapajós (margem direita), nos campos do Cururu-Cadariri, que vive hoje a maior parte da nação mundurucu, cerca de uns 1000 a 1400 no máximo. E esses 1400 mundurucus vagueiam por um território que se estende do Serundari e do Madeira às margens do Xingu, dos formadores do Tapajós e do São Manuel às últimas cachoeiras a jusante, em direção ao território dos maués.

Num espaço que mede na sua maior extensão 600 quilômetros de norte a sul e 900 quilômetros de leste a oeste, ou seja, por cerca de 300 000 quilômetros quadrados, mais da metade da área da França, 1400 mundurucus não podem viver em paz com os raros habitantes do imenso domínio onde, até ontem, eles ainda reinavam pelo terror.

Das fronteiras de Goiás às do Amazonas, através de todo o Estado do Pará, estes índios têm mantido o estado de desconfiança e de guerra entre diversas tribos que, como tantas outras, talvez já se estivessem aproximando dos civilizados. Os mundurucus ficaram do lado dos brancos porque os viram em ação e não podiam duvidar da superioridade de suas forças, contudo, apenas aprenderam na escola dos civilizados, as lições de manhas políticas e ardis de guerra. E hoje em dia, apesar de seus raptos de crianças e mulheres e sua fama de cortadores e mumificadores de cabeças inocentes, eis que, no silêncio de suas florestas e campinas de novo desertas, soam as derradeiras horas desta tribo que se extingue. Eis a raça civilizada que se põe em marcha do lado do oriente, e até mesmo de um oriente mais afastado, e os brasileiros e seus amigos da Europa virão semear a paz e a concórdia, ali onde os selvagens caras-pretas não deixaram senão as lembranças grotescas ou odiosas de pretensos bruxedos ou do assassínio de mulheres indefesas e de homens surpreendidos em pleno sono ou durante alguma tranquila refeição. E as últimas sobreviventes desta raça tão singularmente "guerreira" misturar-se-ão ao sangue branco, a fim de que todas as raças sejam representadas, no dia que já se aproxima da ascenção da paz e da felicidade, sob o céu menos sombrio e menos tristonho de nossa tão atormentada pátria terrestre.

O sonho otimista da paz e fraternidade universal: é preciso antes de tudo que se fale dele, para que se acabe acreditando, e ele então se concretize.

Mas nessa época, por mais próxima que ela esteja, indubitavelmente os últimos mundurucus cortadores e mumificadores de cabeças, já estarão todos caçando e gozando a vida nos campos celestes de seu ilustre Caru-Sacaebê, o brilhante desenhista de Arencré e Cantagalo.

E suas vítimas de hoje, parintintins e outros, terão também chegado às misteriosas moradas do mundo dos mortos.

Seria lamentável, todavia, que estes últimos desaparecessem sem que tivéssemos aprendido onde e como eles vivem em suas brenhas, nas quais, até o dia de hoje, tão raras vezes penetrou o homem civilizado.

O que jamais saberemos a respeito das tribos carajás que seriam as mais valentes entre as nações contra as quais investem os mundurucus? Entre estes carajás, sem dúvida caraíbas, estariam as mulheres que se batem com a maior coragem... E quanto aos jurunas, aos araras e aos tecunapenas, cujos territórios se estendem da região mundurucu aos portos do Pará?...

Não demorará para que nada mais reste de todas essas hordas errantes, mas suas terras, tornadas sem dono, sempre lá estarão, belas, ricas, apenas aguardando a boa vontade dos homens.

CAPÍTULO IX

Retorno de sete Quedas: 12 de dezembro de 1895, — Da casa de Moreira à de Saturnino. — Uma carta de Élisée Reclus. — Meus amigos do Tapajós. — O bom companheiro Vicente. — A tempestade no rio. — A enseada de Goiana — Lauritânia e seu futuro. — O Planalto Brasileiro e a Planície Amazônica. — Conclusões. — Os dois Contestados paraenses no Tapajós. — A penetração no interior e a estrada das cachoeiras. — O futuro do Pará.

No dia 12 de dezembro, às duas horas da tarde, voltamos da Cachoeira das Sete Quedas.

A viagem terminou. A chuva agora pode cair. E cai mesmo.

Nos dias precedentes, tivemos um pouco de "friagem", mas de pequena duração, porque não se está na época. É em junho, julho e agosto que a "friagem" se faz sentir no Alto-Tapajós e no São Manuel. Então por vezes, sopra do sul um vento cortante, seco e um pouco frio, convidando os habitantes a acenderem o fogo para se esquentarem. É o "tempo da friagem". Esses resfriamentos não acontecem todos os anos, conquanto sejam bastante frequentes. Então surgem nuvens esbranquiçadas, empurradas por um vento de trovoada. A friagem castiga por uns oito a quinze dias em seguida, depois a temperatura volta ao normal. Dizem que ela é excessiva nos campos do Cururu.

Depois de uma jornada bem extensa, chegamos de noite à casa de Moreira Pai. O excelente homem, conhecendo meu interesse quanto às questões Concernentes à geografia local, conta-me tudo o que sabe, e fala pausadamente, repetindo e fornecendo copiosas explicações enquanto me observa tomando notas.

Das malocas mundurucus dos arredores de sua casa às malocas do alto Cururu, são três dias de marcha. Quase a meio caminho, atravessa-se o Anipiri. Além do Cururu, esses campos prolongam-se até ao Cadariri, não distante das margens do Rio das Tropas. Não se sabe se continuam para leste deste último rio. Todos esses campos são intercalados de manchas de florestas mais ou menos vastas, raramente apresentando mais de cinco ou sete quilômetros no sentido de seu maior comprimento.

Um pouco acima da maloca do Carimã, o Cururu apresenta um salto que não teria menos de 15 ou 20 metros de altura. A montante, o Cururu ainda oferece um percurso bem considerável, estendendo-se, do Salto do Carimã para cima, quase paralelamente ao São Manuel; suas nascentes estariam ainda a uma certa distância além do paralelo da cachoeira das Sete Quedas.

15 de Dezembro.— Eis-nos na casa do Saturnino, aguardando o dono que ficou lá em cima doente. Retomo posse da minha velha igarité, na qual mando fazer uma cuidadosa limpeza. Lavada com sabão sob a coberta, e em todo o resto com água à vontade, e como está vazio — só trago comigo meus papéis e algumas coleções — ela vai-se tornar muito confortável.

16 de Dezembro.— Saturnino chegou à noite. Recebo-o com um cordial aperto de mão. Saturnino é seguramente uma das mais simpáticas figuras do rio.

Já estamos costeando a Ilha da Conceição. Duas igarités vêm rio acima. Numa vem nosso amigo Maurício e noutra o Sr. Bernardino Sobrinho, que ainda subirão o rio mais alguns dias para tratar de não sei quais negócios relacionados com borracha.

Bernardino Sobrinho traz uma carta para mim, endereçada a Miritituba perto de Itaituba, Rio Tapajós, Estados Unidos do Brasil. Que diabo!?... Há mais de quatro meses que não recebo carta de pessoa alguma, nem da França, nem de qualquer lugar. Ah, a letra me é bem familiar: é Élisée Reclus que me manda uma palavra no fundo desses ermos. Obrigado, meu caro amigo, você é daqueles — quão raros! — que nunca se esquecem... Nunca amigos se esquecem... nem de uns, nem de outros!... Um exemplo a seguir.

Deixamos passar a hora do jantar. A noite chegou e prosseguimos sempre: queremos pernoitar na Coletoria onde só chegamos às dez horas da noite.

Continuamos sem detenças. A friagem, que castiga de novo, deixa-nos febris. Ademais, sobreveio uma bruma espessa e gelada que nos revira o estômago e nos faz bater os queixos.

Quanto ao Vicente, já deve ter morrido, é o mínimo que se ouve quando chegamos à casa de Maurício. Pessoas amáveis e caridosas vieram contar à mulher e à família de Vicente que ele tinha morrido no alto do rio, e a narração era feita com tal profusão de detalhes que a verossimilhança da desgraça se transformava numa certeza. Assim, a mulher, os filhos e o irmão do falecido estavam na maior desolação.

Maurício lá não se encontra, mas seus filhos vão conduzir-me até à casa de Cardoso.

Que gente cortês a maior parte desses moradores do Tapajós! Cardoso me conduz até perto da casa de Maurício, Maurício leva-me a Paulo Leite, Paulo Leite sobe comigo até ao Salto Augusto, depois desce e me devolve a Maurício, Maurício envia-me a Saturnino, que me acompanha até Sete Quedas e desce comigo até à casa de Moreira, Moreira volta comigo até ao Maurício, que me faz conduzir a Cardoso; Cardoso prossegue comigo até à casa do "Tartaruga", que me manda ao Tiago, que me traz até à casa de Pinto, com o qual vou à de Brasil e ao vapor. Por certo seria da maior inconveniência não saber reconhecer senão através de platônicos agradecimentos tanta boa vontade, e tão desinteressada quanto espontânea, — um provérbio aceito pela sabedoria das nações diz que os pequenos presentes sustentam a amizade — contudo, o espírito hospitaleiro, generoso e afável desse povo do interior do Brasil — e sua obsequiosidade, —

são qualidades do coração que, ao lado de suas qualidades intelectuais, exigem do viajante a obrigação de acentuá-las fortemente. Os povos jovens que não têm senão a pretensão de ser "espertos" ou "durões" não trabalham tão eficazmente em prol de seu futuro do que aqueles que sabem ser francamente simpáticos, sem renunciar ao espírito prático e ao indispensável conhecimento das coisas da vida.

É Raimundo que nos conduz, com os homens da casa de seu pai, à casa de Cardoso, no Chacorão. A chuva continua caindo.

Na tarde do dia 19, chegamos à casa de Cardoso que, com sua prestimosidade habitual, providencia uma tripulação para nos conduzir na manhã seguinte ao "Tartaruga."

Almoçamos na casa de Vicente. Fazia setenta e quatro dias que Vicente tinha saído de casa. E já passava por morto. Felizmente, ele hoje já se encontra junto com Paulo Leite, completamente restabelecido de sua indisposição.

Não pude deter-me na casa do amigo Vicente, apesar do desejo que tinha de complementar meu vocabulário munducuru com os índios civilizados que moram nas proximidades. A recordação da figura deste meu piloto é mais uma das boas lembranças que trarei comigo. Este grande Vicente, alto e seco como Dom Quixote, excelente contador de casos, muito serviçal, jamais aborrecido, sabendo como "se virar" numa viagem e viver na abundância num lugar onde outro morreria de fome. Vicente pertence sem dúvida alguma à família internacional dos bravos homens bons amigos. Ainda nos reencontraremos, Vicente, se os azares de minha vida errante me conduzirem mais uma vez para os lados da terra dos munducucus.

Dormimos na choça de Tertuliano, e na manhã seguinte, dia 21, chegamos à casa do "Tartaruga". Manuel Antônio Batista, o "Tartaruga", leva-nos a Tiago Ferreira Leal, que nos conduz a Pedro da Silva Pinto.

Somos virtualmente arrastados pelos impetuosos estirões do rio cheio. Já desde a manhã tudo está sombrio e nublado. Lá pelo meio-dia, subitamente repercutem no céu pesado, os ruídos abafados de tempestades muito longínquas. Depois o temporal se aproxima e logo três trovões ribombam à nossa volta. Prosseguimos de tarde sob a chuva, e às sete da noite, ainda por causa da chuva e da tempestade, fomos obrigados a parar numa das casas de Pedro Pinto.

Pedro Pinto desce conosco pelo rio até ao vapor. Conseguiu um modo de vencer o percurso costeando a Ilha do Bananal, quando uma trovoada se abateu sobre as igarités, as águas e as matas das imediações. É bonita uma trovoada! Pena que a gente se arrisca a perder a vida e até as mercadorias!

O céu fica baixo, pouco acima de sua cabeça; estendendo-se a mão, até parece que se vai tocar as volumosas massas nevoentas em seu rápido perpassar, sucedendo-se em atropelo. Bizarras fosforências colorem de enxofre e salitre o céu rebaixado. A tensão elétrica rarefaz e esfria o ar: não se consegue respirar e ao mesmo tempo sente-se frio. Ribombantes trovões, que se escutam sem se distinguir o brilho que os precede na lividez do ambiente, ferem os ouvidos e fazem pular o coração no peito oprimido. Formam-se por vezes como que umas cavidades, verdadeiras "chaminés" no círculo instável das nuvens. No início não havia ar e sentiam-se calafrios; agora um vento muito frio sopra violentamente em torvelinhos, desfazendo as nuvens que se espalham por todas as direções. Açoitado continuamente pela tempestade, encrespado pelas carícias do vento, o rio, que há pouco parecia ceder sob o horror de uma paisagem de inferno, agora se ergue e estremece. Depois a chuva recrudesce e logo parece vir de todo lugar, vergastando em rajadas cruéis como mordidas; a primitiva avalancha se faz legião e as rajadas se multiplicam, ora seguindo o horizonte as ondulações das enormes ondas que vão se encabritando loucamente uma sobre as outras, ora se precipitando em ângulo, fustigando-nos os olhos e o rosto.

Talvez tal espetáculo valha um naufrágio. Mas Pinto saiu-se tão bem que só algumas mercadorias ficaram avariadas. Quanto a nós, nossa igarité empinava feito louca na tormenta, e aí todo o seu cavername gemia, e quando, do alto de onde fora alçada, caía de chapa sobre qualquer vaga que se elevava do fundo, ela estalava sinistramente, e a água esguichava por todas as fendas do barco, encharcando-nos dos pés aos joelhos.

Gravura 37 — Casa de Cardoso: grupo.

Domingo, 29 de dezembro, 5 horas da tarde. — Chegamos a Lauritânia. Lá se encontra Brasil, na ausência temporária de seu sócio Cunha. Há 18 dias partimos de Sete Quedas e há 128, deixamos este lugar para começar nossa viagem.

A enseada que se estende entre a Ilha da Lauritânia, a da Goiana e a Terra firme da margem direita está destinada, na minha opinião, a um belíssimo futuro. Ela constitui, vindo-se da foz, o ponto final da navegação a vapor, e vindo-se das cabeceiras, o fim das cachoeiras. Quando se percorreu Tapajós até às fronteiras de Mato Grosso, pergunta-se com surpresa por que este ponto de Goiana-Lauritânia ainda não foi utilizado, conquanto ocupe a posição mais vantajosa que existe entre Santarém e o Salto Augusto. Mas a região está começando aos pouquinhos a se povoar, com uma dezena de casas até agora estabelecidas ao redor da enseada de Goiana-Lauritânia — já havendo um pequeno número de habitantes do Tapajós que compreenderam ou adivinharam que, sendo o trecho encachoeirado o que contém a quase totalidade da produção e da população do rio, seria interessante aproximar-se tanto quanto possível da sua primeira cachoeira. É por isso, que já se veem hoje uma dezena de casas inteligentemente estabelecidas nas ilhas e na terra firme, bem ao pé da cachoeira do Maranhãozinho.

"Além das razões de ordem econômica, duas outras particularidades corroboram a escolha da região de Goiana-Lauritânia como sede da futura "capital" interior do Tapajós paraense: esta região é salubre e apresenta grande variedade de recursos. Itaituba, insalubre e situada num território uniformemente pobre, regride, ao invés de progredir. Goiana-Lauritânia, onde já se nota a influência do clima bem mais salubre das cachoeiras, quiçá mesmo excelente, apresenta da enseada para cima, magnífica variedade de montanhas, colinas, furos, paranás, lagos e excelentes terrenos que encerram preciosos recursos para os diferentes ramos da agricultura e da indústria. De um lado, posição estratégica; de outro, riqueza latente — entre Itaituba e Goiana-Lauritânia, não há por que hesitar: o futuro pertence à aglomeração ao pé da cachoeira, e se toda a Itaituba para ali se deslocar de hoje a vinte anos, eu não me surpreenderei.

Ademais, esta região de Goiana-Lauritânia está situada no limite de duas zonas: o Planalto Brasileiro e a Planície Amazônica. Tabatinga, a mais de 3.000 quilômetros de Belém, na fronteira com o Peru, está apenas a 80 metros acima do nível do mar. O Salto Augusto, a apenas 1.500 quilômetros de Belém, está a 450 metros. É que o Tapajós corre no Planalto Brasileiro, e não na Planície Amazônica. Nesta estão os lagos, os pântanos, os furos periodicamente alagados, as vegetações de igapós; no planalto estão as montanhas e colinas de aspectos variados, com solos geralmente razoáveis ou mesmo muito bons.

Goiana-Lauritânia fica na fronteira da Amazônia e do Planalto Brasileiro. A montante, ficam as terras entrecortadas de corredeiras e de saltos. Da Cachoeira do Maranhãozinho ao Salto Augusto, incluindo estes dois, há 37 grupos de rápidos e saltos, alguns dos quais, como os do Chacorão ou o das Capoeiras, dividem-se em vários travessões distintos: 9 para cada um... A jusante tem-se a navegação livre, fácil, aberta, com o resto do mundo. Quando o Tapajós tiver adquirido a importância que lhe reserva sua posição geral, seu clima e suas riquezas naturais, a capital da "Tapajônia" estará em Goiana-Lauritânia.

Últimos dias: Aqui termina minha viagem pelo Tapajós.

Dia 2 de janeiro, às 11 horas da noite, tomamos o vapor em Bela Vista na casa de Raimundo Brasil.

No dia 7 de janeiro, chegamos a Belém ao meio-dia.

CONCLUSÕES: *Os dois "contestados" paraenses do Tapajós.* — Sabe-se que ainda existem, em diferentes pontos da fronteira do Estado do Pará, regiões litigiosas. O mais conhecido desses territórios contestados é que se encontra em litígio com a Guiana Francesa, território ao qual os dois nomes de Gunani e de Mapá dão o toque de uma celebridade em parte grotesca e em parte trágica[1] .

Além deste território contestado com a Guiana Francesa, o Estado do Pará ainda possui duas regiões litigiosas com o Estado do Amazonas, uma ao norte entre os rios Trombetas e Jamundá, outra nas alturas do Tapajós e do Alto-Tapajós. E, por fim, o famoso "Contestado" do qual nos ocupamos nas páginas anteriores.

No que se refere ao Contestado entre o Pará e o Amazonas no Tapajós — se bem que eu não tenha sido de modo algum comissionado para tratar desta questão — que me seja permitido, incidentalmente e ao término deste trabalho, emitir uma opinião totalmente pessoal, e que evidentemente em nada poderia comprometer o Governo do Estado do Pará.

Se estou bem informado, o Pará reivindica como divisa com o Amazonas, na região do Tapajós, uma linha reta traçada da Serra de Parintins à foz do São Manuel. Por sua vez, a pretensão do Amazonas é de que o limite acompanhe o meridiano de Parintins até seu cruzamento com o Tapajós, prosseguindo depois por este rio.

Apoiando-me no fato de que os tributários da margem esquerda do Tapajós, aliás pouco importantes, estão povoados exclusivamente por paraenses, nunca aí se encontrando amazonenses, parece-me que seria de bom senso escolher como divisa uma linha que, partindo da Serra de Parintins, seguisse pelo divisor de águas entre o Tapajós e os afluentes superiores do Amazonas, passando um pouco mais pelo interior; os dois Estados lucrariam por ter como limite com Mato Grosso uma linha determinada pela posição efetivamente muito importante da maior queda d'água do Tapajós: o Salto Augusto.

De fato, se consultado, eu proporia pura e simplesmente, em razão da importância do Salto Augusto, que o limite do Pará, de uma parte o Amazonas, de outra o Mato Grosso, fosse o paralelo que passa pelo salto, até ao Araguaia e até ao Madeira; excetuando-se algumas pequenas modificações nesta linha devido a determinados acidentes geográficos importantes que porventura existam perto mas não exatamente em cima do paralelo, devendo, por isso, ser escolhidos preferencialmente. Como exemplo, pode-se citar a Cachoeira das Sete Quedas, que embora não se ache localizada exatamente em cima do paralelo do Salto Augusto, mas sim a alguns minutos deste, deveria, contudo ser adotada como um ponto da linha divisória.

A *penetração no interior e a Estrada das Cachoeiras.* — É desnecessário repetir aqui o que atrás dissemos a respeito dessa obra de importância

[1] *A "Questão do Amapá" foi resolvida, a favor do Brasil, pela Comissão de Arbitramento de Genebra, em 1° de dezembro de 1900. (N. do T.)*

meramente local, e que, quando terminada, seria apenas parcialmente útil, senão de todo inútil, ou seja, a abertura de uma nova estrada de contorno, passando por uma das margens do rio, partindo da cachoeira do Maranhãozinho e indo até a de Baburé, qualquer que fosse o espírito prático que norteasse a operação.

O *futuro do Pará.* — Belém do Pará é uma cidade bem grande, com uma situação financeira bastante próspera e um desenvolvimento suficientemente rápido para que possa estender suas ambições além de suas aspirações atuais. Sua ligação por linhas do vapor com o resto do mundo e a penetração do telégrafo até ao centro da Amazônia são ambições já satisfeitas. Comunicar-se com o sul e o sudoeste do Brasil através dos territórios centrais hoje desabitados; prever para essas pradarias e esses altos platôs temperados do extremo sudoeste paraense uma próxima era de colonização por imigrantes; preparar, através de estudos e da colonização, a implantação de uma ferrovia ligando a capital paraense aos Andes, que será a obra das primeiras décadas do próximo século: eis os destinos com os quais o Pará pouco a pouco acabará por se familiarizar. Este Pará onde fica a saída fluvial e terrestre do vale e dos planaltos do Amazonas, este Pará onde se pode ter a certeza de que, devido a seus campos e suas terras altas, irá constituir um eterno domínio da raça ariana; este Pará onde já tão apaixonadamente se cultivam as ciências, as letras e as artes, está com razão, pressuroso de ver descortinarem-se os quadros sucessivos de seus magníficos destinos.

Que se permita contudo a um modesto viajante, que há pouco percorreu as vastas regiões da Amazônia do norte e do sul, insistir sobre a necessidade que hoje se impõe de se estudar particularmente a Amazônia Marítima, ou seja, Estado do Pará. Sua capital é o escoadouro comercial da metade da Amazônia, assim como, por outro lado, será o entreposto de seus imigrantes, por ser a cidade mais próxima dos grandes mercados e centros populacionais da Europa e da América do Norte. Por ser o Estado mais povoado e rico da Amazônia, tem ele o dever de tomar as grandes e audaciosas iniciativas que gradualmente farão desta, a rainha das regiões equatoriais, um território de produção rica e diversificada, um brilhante e atraente centro de civilização.

"Conhecer e fazer conhecer". É certo que se aí se aplicar com firmeza e perseverança esta divisa, esta cidade e esta terra, para as quais o futuro começa a se revelar tão brilhante, verão se precipitar seus destinos, que tudo leva a crer que serão felizes e magníficos.

Quanto a mim, encerrarei este capítulo e este volume "fazendo reconhecer" pelo processo mais árido (perdoem-me), mas que continua entretanto sendo o melhor — por meio de números —, através de vários quadros estatísticos e de vocabulários de línguas indígenas, diversos aspectos e diferentes assuntos que tive a oportunidade de estudar um pouco durante esta viagem.

Serão apresentados, nesta ordem:

Quadro da População
Altitudes Barométricas
Longitudes e Latitudes
Meteorologia (Chuvas e Tempestades)
Dialetos (Maué, Apiacá, Mundurucu).

CAPÍTULO X

QUADROS ESTATÍSTICOS — Quadros da população — Altitudes barométricas. — Longitudes e latitudes. — Meteorologia (chuvas e tempestades).

AVALIAÇÃO APROXIMADA DA POPULAÇÃO CIVILIZADA DAS MARGENS DO TAPAJÓS A MONTANTE DE ITAITUBA

DESIGNAÇÃO	Nº DE CASAS	Nº DE HABITANTES
Ponta Saracura	2	10
Paraná-Mirim do Curral	7	35
Paini	2	10
João de Mato	1	5
Primoto	3	15
Barreirinha	4	20
Ponta Alegre	1	5
Fazendinha	1	5
Goiana	4	30
Defronte a Goiana (margem direita)	2	10
Bela Vista (Raimundo Brasil)	2	10
Bernardino Sobrinho	1	10
Marcolino	1	5
Raimundo Brasil (margem esquerda)	1	13
Joaquim Cunha	1	10
João Augusto	1	5
Delfino	1	5
Gervásio	1	5
Boaventura	3	12
Trovão	1	5
Apuí	1	4
Manuelzinho	1	4
Paulo Pires	1	5
Barbosa	1	5
Leonardo	1	5
Pessoal do Brulino	1	5
Baburé (A. L. Brasil)	1	5
Mendonça Abitibó	1	5
Antônio Bahia	1	5
Funteiro	1	4

DESIGNAÇÃO	Nº DE CASAS	Nº DE HABITANTES
Camilo Moreira	1	6
João Gomes	1	10
Casa	1	5
Vicente Florêncio	1	5
Saraiva	1	5
Maciel (Galdino)	2	20
Augusto da Costa	2	40
Alfredo Lopes	1	5
Cosme	1	5
Braulino	1	10
Lélio Lobato	1	4
Aprígio	1	4
Tampa	1	4
Antônio Piauí	1	4
Luciano	1	4
Tampa (Bonfim)	3	20
Tucunaré	1	15
Cazuza Rocha	1	15
Januário Rocha	1	30
Casa	1	4
Manuel Pesqueiro	2	10
Manuel Gomes	1	5
Herdeiros de Fortunato Gonçalves	1	5
Cascavela	1	5
Pinheiro	1	5
Casa (Chapéu-de-Sol)	1	5
José Pereira Brasil	2	15
Fechos	1	5
Ubiriba	1	5
Atanásio	1	5
Acará	1	4
Antônio Alves	1	6
Lourenço	1	4
Raimundo Braga	1	4
Manuel Paulo	1	4
Vicente	1	4
J. M. Castelo Branco	1	4
Cobra e Pimenta	1	12
Casa (Ponte do Bordô)	1	4
Casa da Ponta do Jutaí	1	4
Manuel dos Santos	1	5
José Firmino Carinho	1	5
Machado	1	5
André Lino	1	5
Antônio Marinho	1	5
Firmino Duarte Guedes Poraquê	1	8
Manuel Serão	1	4
Chico dos Santos	1	5
Chico e dois seringueiros	3	10

DESIGNAÇÃO	Nº DE CASAS	Nº DE HABITANTES
Pedro da Silva Pinto	6	30
João Mulato	1	4
Veríssimo	1	4
Manuel Grande	1	4
José Barbosa	2	4
Vicente	2	6
Manuel Campos (Bom Jardim)	1	4
Chico	1	6
Nunes	1	4
Nunes (Quataquara)	1	6
Virgínio	1	5
Tiago	1	8
Nunes (Cantagalo)	2	6
Cantagalo (Seringueiro)	1	3
Germana	1	5
Seringueiro	1	3
Chico Maluco	1	6
Leopoldo Campos	1	8
Quintiliano	1	4
José Ramos	1	4
Felisberto	1	4
José Fernando Carvalho Cufá	1	4
José Leão	1	3
Belisário de Castilho	1	6
Guerra	4	20
M. A. Batista ("Tartaruga")	6	30
Felicíssimo	1	4
Camargo	1	4
José Mendes Martins	1	4
Cabitutu (Ilha do)	2	6
Sai-Cinza Nova	2	10
Sai-Cinza Velha	3	12
Manuel dos Santos	1	4
Faustino Marinho	1	5
Mariano da Silva Batista	1	4
João Capistrano	1	4
Ilhas do Curral	1	6
Ponta das Piranhas	1	4
Vito	1	3
Evaristo	1	3
Tertuliano	1	2
Sarmento	1	2
João Caetano	1	3
Ponta do Guarani	1	3
Irmãos Ribeiro	1	8
Chico Ribeiro	1	8
Augusto Ribeiro	2	10
André Lino	1	4
Joaquim Correia (São Domingos)	1	8

DESIGNAÇÃO	Nº DE CASAS	Nº DE HABITANTES
Francisco Antônio da Silva	1	4
Vicente Teixeira Castro	1	5
José Cearense	1	3
Carmelino Ribeiro	1	5
Eduardo	1	3
J. L. Cardoso	4	15
Joaquim Mamede	1	4
Manuel Fabrício de Sousa	1	5
Manuel Carapina	1	4
Clementino Simão de Guerra	1	3
Ilha São Gaspar	1	3
Maurício Rodrigues da Silva	1	15
Antônio José Afonso	1	3
Maria Felícia Garcia (Ilha Samaúma)	1	5
Gustavo	1	3
Francisco José Vieira (Ilha Tucano)	1	4
Inácio Barroso (R.G.)	1	10
Caetano da Silva (Ilha do Cururu)	1	4
José Antônio da Silva (idem)	1	4
Marcos Mota (idem)	1	6
Manuel Benedito da Cunha (idem)	1	4
Maria Margarida de Oliveira (Ilha Trindade)	1	6
José Miranda (Ilha do Cururu)	1	6
João Pereira	1	4
TOTAL	204	884

AVALIAÇÃO APROXIMADA DA POPULAÇÃO CIVILIZADA DAS MARGENS DO SÃO MANUEL ATÉ A CACHOEIRA DAS SETE QUEDAS

DESIGNAÇÃO	Nº DE CASA	Nº DE HABITANTES
Emídio Batista	1	4
Manuel Ventura	1	4
Gonçalo	1	4
Casimiro	1	3
Cândido Pinto	1	3
Roca	1	3
Paulo Leite	3	25
Paulo Leite (Seringueiro do São Tomé)	2	25
Antônio Pereira Mendes	1	3
TOTAL	10	74

DESIGNAÇÃO	Nº DE CASAS	Nº DE HABITANTES
João Pereira	1	4
João da Silva Tavares	1	6
Manuel Pedro	1	3
Gabriel d'Almeida	1	3
João Eduardo Martins	1	4
Francisco José das Chagas	1	4
João Bernardo	1	3
Gonçalves Norato	1	3
Boaventura Pereira da Costa	1	4
Manuel de Arruda	1	3
Francisco de Paula	1	3
Afonso Carlos Pereira	1	5
José Lourenço Cardoso	1	3
Crispim Rodrigues da Silva	1	3
João Meireles	1	4
Josué	1	3
Casimiro Vicente Pereira	1	6
João Lopes	1	3
Saturnino Carlos Pereira	1	10
Marciano	1	3
Manuel Cardoso	1	3
Emiliano	1	4
Laurindo José Francisco da Silva	1	15
João Cardoso dos Santos	1	3
Guilhermino	1	3
José Francisco Moreira	1	5
Marcelino Moreira	1	3
Manuel Francisco Xavier	1	3
Benedito José dos Santos	1	4
Manuel Francisco Barata	1	4
Paulino José dos Santos	1	5
Gervásio José dos Santos	1	5
Antônico Bentes	1	15
Total	33	152

AVALIAÇÃO APROXIMADA DA POPULAÇÃO DA BACIA DO TAPAJÓS ACIMA DE ITAITUBA

Igarapé do Capituã	50
Igarapé do Mambuaizinho	500
Jamanxim — Tocantins — Aruri	800
Igarapé Urubutuzinho	10
Igarapé Urubutu Grande	70
Rio Crepori	200
Rio das Tropas	50
TOTAL	1680

AVALIAÇÃO APROXIMADA DA POPULAÇÃO DOS ÍNDIOS MUNDURUCUS

I – TAPAJÓS

DESIGNAÇÃO	Nº DE CASAS	Nº DE HABITANTES
Mateus	1	10
Maloca Velha	1	5
Claudino (Quataquara)	1	10
Inácio (idem)	1	10
Salvador (idem)	1	50
Eripixi (Periquito)	1	10
Francelino Nogueira Guedes (Chacorão)	1	5
Comprido	1	15
Porto Velho	1	4
Pedro (Capoeiras)	1	6
José (Capoeiras)	1	8
Gabriel (idem)	1	8
Diego (idem)	1	8
Constâncio e Pancrácio (idem)	1	8
Cassiano (idem)	1	4
Gregório (idem)	1	4
Raulino (idem)	1	4
Caetano (idem)	1	4
TOTAL	18	173

II - AFLUENTES DO TAPAJÓS

DESIGNAÇÃO	Nº DE CASAS	Nº DE HABITANTES
Igarapé do Igapó-Açu	1	0
Igarapé do Cantagalo (Maribaxi)	1	20
Igarapé do Mateus	1	15
Rio das Tropas	3	30
Igarapé Pixuna	1	10
Igarapé do Cururu	7	700
Cururu-Cadariri	5	300
TOTAL	19	1105

III — ALTO-TAPAJÓS

DESIGNAÇÃO	Nº DE CASAS	Nº DE HABITANTES
Mateus	1	10
Antonico	1	15
Filipe	1	8
Miguel Moreira	1	4
Pedro Moreira	1	3
Curapixi	1	12
TOTAL	6	52

IV — AFLUENTES DO ALTO-TAPAJÓS

LOCAL	Nº DE CASAS	Nº DE HABITANTES
Igarapé Bararati	2	2

V - SÃO MANUEL

LOCAL	Nº DE CASAS	Nº DE HABITANTES
1ª maloca	1	12
2ª maloca	1	12
3ª maloca	1	15
4ª maloca	1	10
TOTAL	4	49

VI — SUCUNDURI

LOCAL	Nº DE CASAS	Nº DE HABITANTES
Uma Maloca	1	30
TOTAL GERAL	50	1429

AVALIAÇÃO APROXIMADA DA POPULAÇÃO DOS ÍNDIOS APIACÁS

DESIGNAÇÃO	Nº DE CASAS	Nº DE HABITANTES
João Correia	1	25
José Gomes	1	25

DESIGNAÇÃO	Nº DE CASAS	Nº DE HABITANTES
Benedito	1	20
Bananal Grande	1	10
Igarapé da Cachoeira do São Florêncio	1	20
TOTAL	5	100

ESTATÍSTICA GERAL DA POPULAÇÃO DO TAPAJÓS ACIMA DE ITAITUBA

Civilizados das margens do Tapajós 1080
Civilizados das margens do Alto-Tapajós 73
Civilizados das margens do São Manuel 152
Civilizados das margens do interior 1680
TOTAL DE CIVILIZADOS 2985

Índios mundurucus 1460
Índios apiacás 100
TOTAL DOS ÍNDIOS 1560

TOTAL GERAL 4545

ALTURAS (ALTITUDES BAROMÉTRICAS)

Barômetro altimétrico Naudet

LUGAR DE OBSERVAÇÃO	TEMPERATURA À SOMBRA	ALTURA ENCONTRADA	DATA	HORA DE OBS.
Alto do Apuí	29º	280m	28/08	-
Foz do Cururu	27,5º	374m	29/11	-
Confluência do São Manuel	25,5º	374m	30/11	17
Confluência do São Manuel	31º	378m	27--	17
Paulo Leite	35º	382m	20--	-
Baixo São Simão	30º	388m	19--	-
Alto São Simão	26º	394m	19--	-
Benedito	23º	412m	08--	15
Benedito	29º	396m	09--	6
São Florêncio	20º	396m	09--	-
Misericórdia	23,5º	400m	10--	-
Misericórdia	?	406m	18--	16
Santa Iria	29º	410m	18--	-
São Rafael	26,5º	415m	18--	-
São Gabriel	29º	420m	18--	-

LUGAR DE OBSERVAÇÃO	TEMPERATURA À SOMBRA	ALTURA ENCONTRADA	DATA	HORA DE OBS.
São Lucas	32,5°	428m	17---	---
Ondas	33°	435m	17---	---
Salsal	30°	442m	17---	---
Salto Augusto (abaixo)	32°	458m	15---	13
Salto Augusto (abaixo)	35°	460m	00(?)	12
Salto Augusto (acima)	35°	475m	00(?)	14

Observação: Não constam do original francês os dados de longitudes e latitudes prometidos no Índice. (N. do T.)

METEOROLOGIA
CHUVAS E TEMPESTADES

LUGAR	DATA	HORAS
Apuí	28/08	5 horas e 30 minutos da manhã, tempestade e chuva;
Barburé	5/09	5 horas e 30 minutos da tarde, tempestade e chuva de 3 às 5 da manhã, tempestade e chuva; de 3 às 5 da tarde, tempestade e chuva.
Barburé	6/09	às 21 horas, tempestade e chuva.
Mangabal Grande	13/09	às 17 horas, tempestade; noite de chuva tempestuosa.
Ilha do Igapó-Açu	15/09	às 14 horas, tempestade.
Quataquara	6/09	17 horas, tempestade e chuva.
Quataquara	18/09	às 4 da manhã, chuva.
Cantagalo	19/09	às duas da madrugada, tempestade e chuva.
Chacorão (Cardoso)	27/09	17 horas, tempestade e chuva.
Chacorão (Cardoso)	28/09	às 14 horas, tempestade e chuva.
Chacorão	1/10	de 5 às 6 da manhã, chuva; de 7 às 8 horas, tempestade e chuva; às 20 horas, tempestade.
Ponta da Baunilha	9/10	de 13 às 15 horas, tempestade.
Airi	10/10	entre 15 horas e 16 e 30, duas tempestades e uma trovoada.
Meia-Carga	11/10	18 horas, tempestade.
São Benedito	12/10	às 14 horas, chuva fina; das 14 e 30 às 16 horas, tempestade longínqua.
Pesqueirinho (Maurício)	13/10	das 14 e 30 às 17 horas, tempestade e chuva nos arredores; às 18 horas, tempestade e chuva.
Pesqueirinho (Maurício)	14/10	de 17 e 30 às 18 e 30, duas tempestades e chuva violenta; às 20 horas, tempestade.
Pesqueirão	15/10	às 15 e 30, tempestade; de 21 horas às 22 e 30, trovoada e chuva forte.
Samaúma	16/10	16 horas e 30 minutos, tempestade e chuva.
Coletoria	18/10	de 20 e 30 às 22 horas, tempestade e chuva.

LUGAR	DATA	HORAS
Ilha da Maloca	19/10	de meio dia e meia às 15 horas, tempestade com trovoadas, mas sem chuva.
Ilha do Macaco	21/10	de 12 às 13 horas, tempestade e chuva.
Goiabal	22/10	de 3 às 5, chuva; de 7 às 8, tempestade e chuva.
Enseada de São Tomé	23/10	Meio dia, chuva.
Paulo Leite	25/10	às 12 horas, tempestade e chuva; de 12 às 17 horas, tempestade longínqua
Paulo Leite	26/10	de 6 às 9 horas, tempestade longínqua
Paulo Leite	2/11	de 5 às 12 horas, chuva.
Paulo Leite	4/11	de 3 às 10 da manhã, chuva.
José Gomes	5/11	às 15 horas, tempestade.
José Gomes	7/11	às 6 da manhã, chuva.
Benedito	8/11	às 6 da manhã, chuva; às 13, tempestade; entre 15 e 16hs, trovoada; das 16 às 18, chuva.
Bananal Grande	9/11	das 18 às 20 horas, tempestade e chuva.
Canal do Inferno	10/11	às 18 horas, tempestade, às 21 horas, tempestade e chuva; de 21 e 30 às 23 horas, chuva.
São Rafael	12/11	de uma da madrugada às 9 horas, chuva.
Rebujo	13/11	de uma da madrugada às 9 horas, chuva.
Furnas	14/11	de uma da madrugada às 9 horas, chuva.
Paulo Leite	21/11	17 horas, trovoada; das 17 e 30 às18, chuva.
Paulo Leite	22/11	chuva à tarde: de uma às duas, de 3 às 4; à noite, de 8 às 11 horas.
Paulo Leite	24/11	de uma da madrugada às 15 horas, chuva.
Paulo Leite	25/11	das 14 às 15 horas, trovoada e chuva.
Pesqueirão	29/11	de 11 às 12, tempestade e chuva.
Foz do São Manuel	30/11	13h, tempestade longínqua.
Boaventura	1/12	às 16 e 30, tempestade longínqua.
Barata	6/12	14h, chuva.
Ilha da Alagação	8/11	das 5 ao meio-dia, chuva.
Jaú	12/12	das 15h às 17h, chuva.
Jaú	13/12	de 5 às 6 da manhã, chuva.
Saturnino	15/12	de 5 às 6 da manhã, chuva.
Coletoria	17/12	de 3 às 6 horas, chuva.
Capoeiras	18/12	das 8 às 13 horas, chuva.
Chacorão	19/12	das 8 às 11horas, chuva.
Tartaruga	21/12	17 horas e 30 minutos, tempestade e chuva.
Quataquara	24/12	das 10h às 14h, trovoada e chuva.
Ilha do Igapó-Açu	24/12	20 horas, tempestade e chuva.
Lauritânia	1/01/1896	às 20 h e 30 min, tempestade e chuva.

CAPÍTULO XI

Dialetos indígenas da Bacia do Tapajós (mauá, apiacá, mundurucu).

DIALETO MAUÉ [1]

Céu ... Atipó
Nuvem ... Uaaté
Vento ... Euetu
Sol ... Aat
Dia ... Ihuadac
Manhã ... Huadac poí
Noite ... Uandema
Lua ... Uaatê
Estrela ... Uaiquira, uaiquira u-ató
As Plêiades (sete-estrelo) ... Mapuí
Inverno ... Jamana eat
Chuva ... Jamana
Raio ... Meremerebê
Trovão ... Ueduató
O frio ... Totomorac
Terra, solo ... Rhi
Areia ... Eocoi
Pedra ... Nó
Rocha ... Nó aherém
Savana ... Eaheng
Montanha ... Uitog
Floresta ... Nhaá
Água ... Ê-ê
Sal ... Oquê
Enseada; riacho ... É-idi
Caminho, trilha ... Mohap
Fogo ... Ariê
Tocha ... Ariê-andê
Fósforos ... Ariê-auí
Boa noite ... Auandê aicô!
Como passou a noite? ... Tambê erecoçáo
Bom dia ... Enodac
Meu irmão ... lhaninhê
Mulher ... Onianiê
Menino ... Giracá
Rapaz ... Uidadera
Você é jovem ... Nambi otira
Jovem ... Macutira
Velho, ancião ... Ahaivô
Pai ... Uievô
Mãe ... Ouitê
Irmã ... Oheiné
Irmão ... Uiqueuê
Filho ... Ohaló
Filha ... Ohaquié
Mulher, esposa ... Oivara
Pais ... Ovuei
Como está passando? ... Aicotã erecoçá?
Não estou passando bem ... Aricoçá uaitê i
Estou melhor ... Eré i catu
Casa ... Enhetá
Caminho ... Moa
Os brancos ... Caraiué
Os negros ... Tapaiúna
O chefe ... Tuxau
Guerrear ... Tamambuê ahat
Matar ... Toatuuc
Deus ... Tupana
O deus dos índios ... Aicaaivat
Ele morreu ... Icooró
Não estou entendendo ... Ereticô avi
Cabeça ... Uaiaquê
Cabelo ... Uaiatsap
Olho ... Oheha
Nariz ... Uaianguá
Orelha ... Uihapê
Boca ... Ouivém
Língua ... Ou incó
Dentes ... Ohãe
Barba ... Uimensá
Braço ... Uaiequê
Mão ... Ui papuió

[1] *Este dialeto foi-me ditado pelo maué Lourenço (Manuel Lourenço da Silva), residente em Montanha (Tapajós), Este Lourenço é piloto para as cachoeiras vizinhas e, segundo consta, filho ou neto de verdadeiros tuxauas.*

Dedo .... Uipunha
Unha .... Uipô champê
Leite .... Hemi
Barriga .... Himeá
Pé .... Ouipuí
Ferida .... Quepihi
Embriaguês; ébrio .... Hemahipô
Doente .... Iahó
Sono .... Toquê
Casa .... Nheetap, munhetap
Tapir (anta) .... Ueuatá
Que comida você vai servir. Aretô uhê urá uê?
Peixe .... Pirá
Anzol .... Piná
Canoa .... Canahi
Remo .... Epucuitá
Roça .... Nuá
Mandioca Manihara
Beiju .... Mana
Farinha .... Ouí
Tapioca .... Manihara
Caxirim de Milho .... Auati-pô
Caxirim Doce .... Taruba
Um .... Endup
Dois .... Tepuí
Três .... Mueém
Quatro .... Tepuí uevô
Cinco .... Uindê canomorani
Moquém .... Euparacaia
Panelão .... Uanã
Panela de cozinha .... Mion-onga
Fervura .... Lhê
Hospedeiro .... Curivu
Algodão Fiado .... Amonqui suap
Rede .... Eni
Arco .... Moreuá
Flecha .... Moré
Flauta grande .... Uhu
Contas .... Taçuru
Cigarro de Palha .... Sovó
Fumo de rolo .... Sovó muri
Faca .... Quicê
Sabre .... Pereêp
Machado .... Ihuihap
Fuzil .... Mucava
Pólvora, munições .... Muçacuí
Panos .... Socpê
Anzol .... Piná
Espelho .... Uaruá
Pente .... Queuá
Pente fino .... Queuá puuí
Cachaça .... Mahê
Capivara Capiuara
Gato .... Piçana
Cachorro .... Auarê
Porco marrão .... Hamaô
Macaco-aranha(cuatá) .... Tuahá
Lontra .... Apá

Macaco .... Hanoã
Paca .... Paha
Burirqui (macaco vermelho) .... Auequê
Onça .... Auiató
Agami (japacanim-do-brejo) .... Oerê
Arara .... Hanoona
Canário .... Ipêc
Galo, galinha .... Uaipacá
Nhambu .... Oriri
Periquito .... Ahore
Tucano .... Nhonjana
Urubu .... Urubu
Jacu .... Muenhõ
Peixe .... Pirá
Pacuguaçu .... Pacu -açu
Traíra .... Auarepora
Tucunaré .... Aitouambora
Pacu .... Pacu
Raia .... Otipé
Surubi .... Surubi
Cobra .... Muaia
Jiboia .... Amungauara
Jacaré .... Uatsu
Jacaretinga .... Uatsuquê
Camaleão .... Senemuí
Tracajá .... Uauiriuatô
Formiga .... Saari
Formiga-de-fogo .... Saari corana
Carapanã .... Uantion
Pium (borrachudo) .... Upió
Árvore .... luí-teog
Raiz .... lui.pohó
Folhas .... Repap-uí
Flor .... Ipoheré
Fruto .... Cadeadeuá
Borracha .... Siringa
Breu-preto .... E tãhê
Caju .... Caçu, cazu
Miriti Mombi .... pucu paia
Carapanaúba .... Canahé
Paxiúba .... Paandi
Indaiá .... Uaceia
Indaiazal .... Uaceia-pihê
Inhame .... Aueiá
Cipó .... Iripó
Batata doce .... Uriuru
Milho .... Auati
Urucu .... Uaacap
Jenipapo .... Uãchop
Ingá .... Moquia
Ananás .... Amandá
Banana .... Paçoca
Feijão .... Cumaná
Mamão .... Mamõ
Pimenta .... Mucré
Eu .... Uitó
Tu .... Enê
Ele .... Mii
Eles .... Vevuarê
Minha Faca .... Ohê quicê

Tua faca .... É quicê
A faca .... delelateê quicê
Você tem uma faca .... Ohê quicê tonha
Ele tem uma faca....................... É quicê tonha
Tem comida .... latê quicê tonha
Há comida .... Imiõ uampê
Há comida lá dentro .... Taõ imiõ uampê
É mentira .... Iatuê só
É verdade .... Puí i uó
Hoje .... Meçô
Ontem .... Nhaatpó
Amanhã .... Monguitê
Depois de amanhã .... Hequecaia
Depressa .... Merebi
Daqui a pouco .... Mecorambora
Lentamente .... Ehepama
Muito .... Ipoí
Pouco .... Tõ, icorina
Chega, basta .... Uaacu toadanta
É bom, está bom .... Etê reque heracoá
É bonito, está bonito .... Etê reque iache orocá
Feio, está feio .... Ipoitê
Branco .... Iquedoc
Azul .... Iherep
Vermelho .... Ihup
Preto .... Honta
Comprido .... Ieuop
Não comprido .... Iantô
Amargo .... Nop
Doce .... Heaía
Azedo .... Hanhõ
Duro .... Ihenha
Não duro.. Erihenha
Irritado, raiva.................................... Ipuehac
Cansado .... Uaiahê
Ele é forte .... Hê saiquê
Ele é fraco .... Ene hê saiquê
Gordo .... Ihã-dê
Embriagado .... Iuambê
Longe .... Ipuiabó
Não distante .... Ipuiahi
Magro .... Icanemoda
Ruim(de comer) .... Ipuí ahac tocá enemi cauê
Malcheiroso .... Icamehi
Pesado .... Ipoti
Pequeno .... Coringuadê
Medroso .... Guenehá
Sem medo .... Ietoguehê
Ladrão .... Moquê
Quero comprar uma rede ....Athê heiê deni
Gosto de cachaça .... Ahê ecô mahê
Não gosto de cachaça........... Erá matecô sudê
Gosto de peixe .... Pirá tocôo
Vou á roça .... Aretá nôo ca pê
Usar o timbó .... Ocotoc tauíra uatê
Timbó .... Oocó
Vou a roça pegar timbó ....Aretá nôo ca pê
O caminho do porto .... Moamp oap
Caminho .... Moã
Porto .... Oap
Maracujá .... Murucujá
Ele chegou de fora ...... Muíe tuenõ emeiombê
Ele tem muitas mercadorias ..... Mipala ipá itê
Não tenho mulher .... Ietcat ioivarê
Não tenho filho .... Ietcat oaquiê
Preciso de uma mulher... Eçá donê anê atequê
Tenho sede .... Arê eotxi
Tenho fome .... Ohê seê
Tenho febre .... Oiahó
Vou tomar banho .... Arevê ietê
Ele bebê .... Totó
Ele não quer água .... Ê retiquê eçari
A roça foi queimada .... Toivonhô
Ele canta .... Touê apuí
Ele foi caçar .... Hê uerê
Ele trabalha .... Ipô paap
Gritar .... Toatcá
Dança .... Ihairu
Anda logo! .... Nerevi!
A jusante .... Heambecaia
A montante .... Iheapocaia
Dê-me água .... Terodeú ê imiô
Vou dormir .... Ariquê
Ele dorme .... Toquê
Vamos comer .... Uaatê enuc
Escutar .... Erê uandê dop
Acordar! .... Erê hemora!
Ferida .... Pihi
Esta ferida impede-me de trabalhar .. Ohê pihi hatê mihi tupana eui patpat quana
Vou construir minha casa Nhê etapa arê eãmã
Estou com calor............................... Ohê sãhacó
Aqui faz calor................................. Ohê aipuíp
Faz frio .... Naac
Estou com frio .... Ohê naac
Você fuma?.......................... Ehapuí apô sohô
Tire a água da canoa .... Etiha pona ê
Vá dançar .... Mohairora
Brincar .... Tapapui
Flauta .... Aquara
Tocar Flauta .... Aquara tatapuí
Eu como .... Aeerô
Andar Loirá .... aheurê
Ele morreu .... Icorá
Ele morreu há muito tempo..........Meiauí corê nhaat ipocorê
Eu remo .... Erê apucuí
Vá na popa .... Eeretô hoçá pocê
Vá na proa .... Muitô iã boquê
Eu falo(uma língua) .... Ohê hai
Vou pescar .... Arepineindeque
Vá pescar .... Moepi naindeque
Que Trazes? .... Caat pat te queí?
Nada .... Eetcati
Chorar .... Arevaque
Trabalhar .... Ipotpá
Quero trabalhar .... Oipotpa pterã
Não quero trabalhar .... Eroipotpa pterã
Não posso trabalhar ..Caat atê euípilpat terani caat hotê te ci queat.

Porta (de casa) ....oqueena
Rir, estar ....felizluepit
Chove tempestuosamente ....Ehuetô at
Está trovejando .... Hurua
Vai Chover............................ Iamana iraanê
Eu trabalho muito.................... Oipô papcezê

Ele matou uma onça.............. Atê oca auê atá
Já vou ....Aretá teena
Venha cá.............................Erê ianemaicouí
Ver..Eraçá
Voar...Eveitá
Roubar...Tateraoc

DIALETO APIACA [1]

Céu ....Ivaga
Nuvem...Ivagona
Vento.. Iutitu
Ventania .... Iuitu u
Brisa ....Iuitu íre
Sol .... Quaraci
Noite.................................... Puituna ahiva
Dia ....Azí ahê
Manhã .... Adihec
Tarde .... Arana peahô caarô
Lua .... Zaerra
Um mês(uma lua)............................. Zaerra
Lua Cheia .... Zae ahaza
Lua Nova.............................. Zae punituna
Estrela .... Zae tatá i
Via láctea .... Anhanga pucu
Arco-íris .... Diêp
O estio ....Hepana
O inverno(estação chuvosa).............Amano-quipuiteque
Chuva .... Amana
O frio .... Irohê
Calor..Heaia
Umidade .... Lancangue
A sombra de uma árvore..........Quaraê ang pê
A sombra de um homem ....Aheangue
Relâmpago .... Tupacec
Trovão.................................... Amana ziuic
Terra, solo ....Eza
Areia... Encengue
Pedra .... Itá-i
Rochedo ....Itá-uimbeque
Caverna .... Iuanquangue
Montanha .... Iutira
Colina..Iuitira-i
Planície.................................Iuitira-i-anhã
Floresta... Ca-uê
Savana .... Nhucarã
Pântano..Ipiã
Água...I
Riacho ....Ihiquava
Rio .... Ihanhe
Lago ....Ipiahó
Rio "branco" [2] .... Izuva
Rio "negro".................................Epuihuna
Fonte .... Meraí uá catê
A montante.................................Embuí catê
A justante .... Embuí opê
Foz, confluência.....................Berembu í ava
Rápido, corredeira.............................. Ituihi
Catarata .... Itu
Ilha .... Ipãhua
Fogo .... Tatá
Chama .... Ueaitep
Cinza .... Tanimbô
Fumaça .... Tatacengue
O lugar .... Upaíp
O fogão....................................... Tatá upaíp
Homem....................................... Heamenagá
Mulher... Aimicô
Menino .... Curumi
Menina .... Cunhantã-ê
Jovem .... Auagã
Velho.. Sabaê
Casamento .... Azavapá
Marido .... Acuimibaê
Viúva................................. Cunhantê acove
Pai .... Avoceapê
Mãe .... Avoceém
Avô .... Ziruva
Avó ....Dezaruzê
Filho .... Inimbó
Filha .... Mazipê
Neto.. Irumonia
Irmão .... Erarcuireé
Irmã... Gariquia
Tio .... Dzi
Tia .... Cunhã nimbuera
Sobrinho ....Dzi cunhã nimbuera nhã
Cunhado .... Zirairri
Amigo .... Zireuara
A tribo .... Dzioroaionhã

---

[1] *Este dialeto, várias vezes refeito e corrigido, foi recolhido entre os apiacás de Paulo da Silva Leite. Tanto durante minha estada em sua casa quanto na viagem ao Salto Augusto. (N. do A.)*

[2] *Na Amazônia dá-se o nome de brancos aos rios barrentos e de negros aos de águas límpidas. (N. do T.)*

A aldeia .... Amonaboú
Roça .... Cóa
Roça abandonada ....Cocuê
Caminho .... Peá
Um branco .... Cariuá
Um Negro ....Nêgoro
Visitante, hospede ....Enepiocá
Chefe de Aldeia .... Capitão (port)
Deus .... Tupancê
Pajé ....pazê
Música, canção...........................Amaracaíba
Dança ....Azioca
Casa ....Ogui
Pele...Aipô
Sangue ....Aeruí
Cabeça .... Eancangue
Cabelo ....Heava
Rosto .... Iretuapê
Olho ....Areá-quara
Nariz..Inci
Orelha .... Enambi
Boca .... Ezuru
Língua ....Ahecuma
Dente .... Heranha
Barba ....Areneduava
Pescoço .... Aerenubaurva
Braço .... Ahezuva
Mão .... Ahepuã
Dedo ....Ahepuampê
Unha ....Aepuapê
Seios .... Aicama
Leite .... Cambu
Coração .... Aitanhaá
Barriga .... Aeribegá
Costas... Acupê
Joelho .... Arenupaã
Perna ....Ahepuí
Tíbia ....Aritumanfianga
Tornozelo ....Ainhuacanga
Pé ....Ahepuí
Dedo do pé ....Ahepuí-hã
Calcanhar ....Ahepuí-tá
Cego .... Nã-neai
Manco ....Etumã cani
Febre ....Metezup
Resfriado ....Oô
Caçador ....Animi-uiecá
Pescador ....Abiú
Peixe .... Pirá
Anzol.. Itapotanha
Linha de anzol .... Itapotanhama
Banco de Canoa; ....tamboreteApuicaba
Piroga .... Iareí, iari
Canoa grande .... Iare-u
Remo ....Ivep
Mandioca ....Manihoc
Farinha de mandioca .... U-i-á
Beiju ....Bezu
Tapioca... Tapi-ô
Caxirim .... Caciri

Casa.. Oga
Moquém ....Mocaém
Panela... Nhepepô
Caldo ....Matequeira
Polvinho ....Iá
Pilão .... Azooga
Reboco de parede..................................Egoá
Cesta...Irupema
Cesto .... Panacu
Algodão fiado................................... Inimbó
Rede ....Tompava
Arco...Uirapara
Flecha...Uhip
Machado de pedra...................................Itaqui
Pedra de amolar.....................................Itaquê
Cocar comprimido ....Cantará-upó
Cocar pequeno ....Acangatará
Colar de contas.......................................Mohirã
Flauta... Ereru
Fumo de rolo...Petum
Cigarro de palha..................................Petumum
Flauta grande.................................Nhombiá
Colar de dentes de macaco .... Cainhipupuê
Botões ....Biroopipeí
Bracelete .... Ahepapecuizá
Chapéu ....Acanhitara bepô
Tesoura.. Itapará
Faca ....Itazu
Facão ....Nhimuhá
Machado..Zia
Alfinete .... Jacangaí
Prego .... Itapirouni
Anzol .... Itapotanha
Linha de anzol .... Itapotanhama
Serrote .... Zupiranha
Espelho.. Zauapicá
Pente .... Queuap
Contas .... Mohirã
Fuzil .... Tupã
Navalha .... Navalha (port.)
Cachaça .... Cauí
Chumbo..Suma
Pólvora .... Ivõ
Macho .... Acoimaê
Fêmea.. Cunhã
Caça pequena .... Suém
Pêlo .... Aeradzu
Rabo .... Uiá
Cutia... Acuci
Preguiça(aí) .... Ahí
Capivara .... Capiuara
Gato .... Zauari
Jaguatirica .... Maracazá
Cachorro .... Auará
Porco barrão .... Tazaú
Lontra .... Iauapucu
Macaco .... Cahiapiá
Paca .... Caruhauru
Caititu .... Taitetu
Rato .... Mepuí

Guaxinim..Cucirigue
Gambá(mucura)..................................Muicu
Macaco vermelho ....Aquequê
Macaco-aranha(cuatá)......................Cachiuhu
Tamanduá......................................Tamanduá
Anta..Tapíre
Tatu...Tatu
Onça..Zauá
Suçuarana ....Zauá pitang
Onça preta...Zauarun
Cachorro..Coimbaê
Cadela..................................Coimbaê cunhã
Ovo..Upiiá
Bico de ave..Ci
Agami (japacam-do-brejo)................Uirazaô
Arara...Caninedê
Bico de arara..................................Caninedê-â
Pato...Ipeque
Japim..Iapí
Pica-pau...Irapooná
Morcego...Andiraí
Galo.......................................Inambu-cuembá
Galinha..Inã-cê
Mutum...Mutu
Bico de mutum..................................Mutu-ci
Inhambu..Inambu
Papagaio...Azuru
Pomba trocaz(picaú)........................Pecahu
Tucano..Tucana
Peixe..Pirá
Ovo de peixe(ova)..................................Piraú
Traíra...Taríhi
Pacu...Pacu-ihi
Pacuguaçu..Pacu-u
Cascudo..Ini-á
Peixe-elétrico ....Puraquê
Piranha..Zavevuí
Surubi ....Urubi
Cobra ....Boia
Jiboia ....Bozuú
Jacaré ....Iacaé-u
Sapo ....Iauô
Tracajá...Iavaci-ihi
Tartaruga...Iavaci
Jacaretinga.................................Iacarecin-hi
Lagartixa ....Tezô
Lagarto ....Tezoô
Lacraia ....Zauazit
Abelha ....Tupê
Mel ....Ehire
Aranha ....Nhandu
Bico-do-pé ....Toire
Formiga ....Taiuí
Maruim ....Nhacihon
Mosquito...Carapanã
Pium ....Ahepó
Borboleta...Panama
Árvore ....Eá
Raízes..Epuepê
Folhas...Caá
Flor ....Evatêra
Fruto ....Evá
Espinhos ....Dzuá
Copaíba ....Copahip
Sumaúma...Taraíp
Castanheira..Nhahip
Mamoeiro...Zuzivaí
Jataí ....Inataí
Seringueira...Siringa
Cana-de-açucar ....Cana
Algodoeiro ....Umunizu
Cipó ....Ihipó
Inhame...Cará
Milho ....Auaci
Batata ....Ditêque
Urucuzeiro..Urucu
Tabaco(panta) ....Petime
Taioba pequena.......................Nambu-á puitani
Taioba grande ....Nambu-á
Ananás...Naná
Pacová ....Pacová
Banana..Pacová-ú
Araçá ....Oviapirogá
Feijão ....Cumandaí
Mamão ....Caui-á
Pimenta ....Que-í
Caju ....Acajá
Um ....Adipê
Dois ....Moconha
Três ....Mopuí
Quatro ....Mocucunha atê
Muitos ....Quaivitê
Eu, me, mim ....D'hí
Tu, te, ti você ....Andé
Ele, lhe, o, si ....Iá
Meu, minha ....D'hi
Teu, tua ....D'heê
Seu, sua, dele ....Gaé
Este, isto, etc ....Peuzepotana
Outro ,aquele, aquilo..............................Ambu itê
Nós, todos nós...Za opap
Ao lado...Quequeteia
Em, entre, dentro...Soô
Sim ....Ohonê
Não ....Aven coí
Aqui...Aú nazi
Está aqui...Aú nazi nondô
Longe ....Ambu itê uzá
Perto ....Ihuí enum
Hoje ....Aziê
Ontem...Aziê rupi rupi
Amanhã...Aziêtepepena
Há muito tempo..Emuiá puí purocá
Cedo ....Ahatehê puipunha andê
Sempre ....Ahatehê
Nunca ....Dhiranhe
Depressa...Aitê-i
Devagar ....Aeuainê

Muito ... Coivitê
Pouco ... Mopuí
Bastante ... Manima
Bem, muito bem ... Dhitei ohô
Por quê ... Gaara
Por que está zangado?. Gaara nhemandaraíp?
Amargo ... Azaíp
Doce ... Hen-en
Parado ... Capuicá
Deitado ... Oninugá
De pé ... Apoama
Embaixo ... Iuiuê-iapioaia
Em cima ... Idhalá
Tagarela ... Onengamuí
Belo ... lorom
Bonito ... Ezum
Feio ... Uneiaimpa
Branco ... Izu
Azul ... Obui
Vermelho ... Pirã
Negro ... Um
Verde ... Avuí
Quadrado ... Ipucu uzá
Comprido ... Ipucu
Redondo ... Iapoá
Quente ... Acu
Frio ... Irohi
Duro ... Cigue
Mole ... Imê
Grande ... Nanimê
Pequeno ... Suí
Alto ... Izeúa
Baixo ... Iatori
Gordo ... Icap
Estrela ... Caçupta
Magro ... Cinenga
Doente ... Icaraap
Febril ... Irohi paipogap
Quero comprar um cão... Dhi a amuepuê devã
Ele entrou na floresta ... A caa nhuma
Vamos comer ... Za remi mouê onitac
Vamos caça ... Ca uezema pen-hã
Eu bebo ... Ahicura
Bebo muito ... Ga uí cura
Ele bebe pouco ... Suí uicura
O galo canta ... Oá pucaía
Esta mulher canta bem ... Anhiuarê
Vamos dançar ... Zo renhi uarê
Desenhar ... Coaciara
Embriagar-se ... Heauerém
Vou comer ... Inimô iuitava
Não quero comer ... Animô uitavê
Não queres comer? ... Ma tê terueia
Mentir ... Berain
Dizer a verdade ... Azi
Morrer ... Amonom
Afogou-se ... Amonom queerém
Ele rema bem ... Epucurahi
Chove ... Amana oquít
Chove a cântaros ... Oquirá uhu
Vou trabalhar ... Iporouicap
Venha trabalhar ... Soô zô reporouicap
Viu o tuxaua? ... Tuxau ne ca iiê?
Quero a faca ... Dhitê apotat etazu
Eu não quero ... Napotari
Quer cachaça ... Napotari tenê cauí?
Quer uma mulher? ... Napotari tenê cunhã?

DIALETO MUNCURUCU[1]

Deus ... Tupana
O deus dos sonhos ... Curuçá Caibê
Morreu (está com Deus) ... Tupana Abê
Céu ... Cabi
Nuvem ... Cabi crereata
Vento ... Cabiru
Ventania, tempestade ... Cabiru xixi
Sol ... Uaxi
De manhãzinha ... Cabi açom
Od ia, um dia ... Cabiá
Tarde (uma) ... Capuidiê
O sol está quente ... Cabi riprip
A noite ... Aximã
De noite ... Aximã-bé
Lua, mês ... Caxi
Um outro mês ... Tamacari caxi
A Via Láctea ... Cabicurê t'puí
Verão ... Quatu
Outro verão (outro ano) ... Tamacari quatu
Este ano ... Nhacém quatu
Este mês ... Nhacém caxi
O verão seguinte (o próximo ano) ... Quatu bimã
A chuva ... Mombaat
Montanha ... Otioã
Água ... Iribi
Sal ... Caotat
A montante ... Cabicaia
Caminho ... É
A justante ... Cabicaci
Bacia profunda de um rio ... Chacorão
Fogo ... Eraixá
Ilha ... Tiaoueru

[1] *Este dialeto foi recolhido entre os mundurucus civilizados do Tapajós, do Alto-Tapajós e do São Manuel*

Um branco................................Caraiuá inemê
Mulher ....Eatiat, tanhã
Homem .... Anhocat
Homem valente............................Anhocatcat
Rapaz.................................. Tapuí, lumboém
Menino...Berexetá
Moça ....Tabi,icohetuntum
Velho...Iabu
Esposa...Otaxi
Pai .... Ubaibai
Avô(também tratamento respeitoso)......Adiú,
..... irubê catpat
Mãe ....Anhi
Irmão mais velho................................. Uamu
Avô, antepassado .... Auaua
Filho ....Ipô
Filha ....Araixit
Irmão .... Uanhu
Irmão mais novo .... Ocutó
Irmã .... Exit
Cunhado .... Oçã
Genro .... Itarop
Amigo .... Ubexi
Mentira .... Daap
Cabelo .... Cap
Cabelos brancos .... Iaupap
Orelhas .... Nhaenembuí
Bochechas ....Aopi
Boca ....Ueibi
Dentes .... Eraí
Queixo .... Ueuenhepaé
Barba ....Erabirab rap
Garganta .... Uenhê combirá
Ombro ....Uenhã upiá
Braço .... Ueibá
Cotovelo .... Ueibá cerinerá
Mão .... Ibuí
Unhas dos dedos .... Ueimbá rã
Peito .... Ueicameã
Seios ....Uei cama
Barriga ....Uei êque
Baixo ventre .... Uei ê puí
Partes(masculinas) ....Oreixi bará
Partes(femininas) .... Eraipuí
Joelho .... Ueiõ-á
Perna .... Oirá-ô
Pé .... Ibuí
Pé para trás, Pé invertido .... Agapona
Anzol ....Pinhã
Linha de anzol...............................Pinhã-bê
Rede para fazer barragens nos riachos.... Tiripana
O ferro do arpão .... Tá-imbi
Remo .... Cuicuí-ap
Roça .... Quê
Na roça .... Quê-bê
Canoa .... Cubê
Canoa pequena .... Cubê ipit
Ralador de mandioca......................... Itá, uitá
Farinha de mandioca ....Xinetarém

Leme de canoa .... Cubê epebeat
Beiju .... Xina
Tapioca..Saraquitá
Castanhas cozidas .... Daú
Casa .... Anhocá, erecá
Quartel, casa dos guerreiros ....Equiça
Minha casa .... Anhocá-bé
Ajupá (palhaço pequeno) ....Xidiap
Telhado de folhas............................Quecirip
Pedaço de pau ....Ip
O pavio do isqueiro...........................Daxabê
A pedra do isqueiro ....Eraxaá
O ferro do isqueiro ....Daxá matenhap
Forno para fazer farinha de mandioca ... Uena
Bilha ....Camuti
Guí(polvinho)... Uaê
Cinza ....Caburi
Cesta ....Baracá saniá
Algodão ....Buronrá
Fio dealgodão ....Burombê
Rede ....Urirê, uârâ
Arco ....Irareque
Flecha .... Ubipá
Cachão .... Ti
Agulha ....Auí
Vela .... Urumbarom
Tesoura ....Con-con-ap
Prego ....Tapuá
Faca ....Ricê, etém-ap
Canivete ....Quicê iupit
Alfinete ....Auí
Fuzil .... Urumbarom
Contas ....Timpurá
Machado .... Uá
Anzol ....Pinhã
Ferro de arpão ou de pá .... Taimbi
Espelho ....Uriá
Mercadorias ....Tenegreí
Contas negras ....Timpurá taucata
Contas brancas .... Timpurá taretiata
Contas vermelhas ....Timpurá paquipaque
Contas azuis .... Timpurá tarém-rem-hê
Contas amarelas .... Timpurá tepequipêqui
Contas de vidro incolor .... Timpurá
Pente...Quiuá
Pente fino .... Quiuá apuí
Chumbo .... Erumbaron-rá
Pólvora .... Tombaron
Terçado ....(como em português)
Cachaça .... Cauí-iri
Camisa ....(como em português)
Calça .... Iruti, uruti
Ferro de pá .... Xica
Cano de fuzil .... Tombaron-aspi
Fósforos .... Eraxaí
Querosene ....Eraxari
Macho .... Anhocat
Fêmea...Eatiat

Boi .... Biupá
Cutia.. Mari
Veado .... Arapicém
Cão .... Iacuritê
Porco do mato .... Iradiê
Porco doméstico .... Iradiê baru
Cuatá .... Decu
Lontra .... Auarê, iauara
Macaco .... Tauê
Mico .... Uaxu
Macaco branco .... Tauê baron
Macaco-barrigudo .... Cat baron
Caititu .... Iradiê-tiu
Paca .... Ahi
Macaco Vermelho .... Ururu
Anta .... Biú
Onça .... Uíra
Rato .... Tanhém
Ave .... Uacém
Cauda de ave .... Bicuequê
Ovo .... Tupiçá
Ovo de galinha..................... Sapucaia erupiçá
Japacanim-do-brejo............................... Caon
Garça .... Acará
Arara-vermelha .... Caru
Araraúna .... Parauatu
Arara Amarela.................................... Parauá
Japim .... Puxu
Morcego .... Eréu
Codorna .... Uitacará
Galo .... Uaixacará
Galinha.. Uaixacaraã
Mutum .... Uitum
Jacu .... Uacu
Martim-pescador .... Adiurá
Andorinha .... Pacererequiti
Mergulhão (biguá) .... Biuá
Perdiz .... Xeri
Papagaio .... Aru
Periquito .... Curê
Picaú (pombo) .... Pecaçu
Tucano .... Tiucum
Peixe .... Aximã
Peixinho .... Aximã-i
Traíra .... Eraxê
Trairão................................ Eraxê-ô, eraxê-u
Traíra-pixuma .... Eraxeri
Pacuguaçu .... Pacu- rêp, suê-rêp
Pacu .... Pacu
Cascudo(acari) .... Darê-á
Peixinhos que nadam em cardumes .... Curapirap
Pirarara.. Caruputip
Raia .... Monatup
Tucunaré .... Potip
Matrinxã .... Potibirip
Peixe-cachorro .... Dariuacanha
Cobra .... Puibuí
Jiboia .... Puxiribê
Jacaré .... Apat xiri
Jacaré-açu .... Apat iubu

Sapo-boi .... Cururu
Sapo branco, comestível, (rã) ...... Cequiceque
Camaleão... Sinimbu
Largato .... Rauê
Tartaruga .... Canhanharê
Caminho das tartarugas....... Canhanharê aibê
Jabuti .... Puí
Jabutipiranga .... Puipatpêque
Vermes intestinais .... Sapcorê
Cobrinha d'agua .... Morecubê
Abelha .... Eít
Mel .... Eíre atu
Aranha .... Tuá
Picada de formiga .... Tontapi
Bicho-do-pé .... Nohuma
Formiguinha .... Iracêp
Saúva .... Oaixá
Formiga tocandira .... Rapcêque
Mosca .... Conherôn
Mosca d' água .... Montiguir
Mosquito .... Caama
Borboleta .... Oreperep
Piolho .... Quip
Mucuim .... Acém
Carrapato .... Paru
Pium .... Iepsô
Borrachudo .... Comediuru
Árvore .... Eip
Árvore grossa .... Eip iubum
Fruto, semente .... A
Espinho .... Iraú
Abiu .... Anocareá
Bacuripari .... Uaremeça
Buriti .... Nherêp
Coco buriti .... Nherep-á
Sorva .... Uatuá
Sorvazinha .... Iubaá
Pau-candeia .... Uexiquitapiri
Copaíba .... Acarapahi
Copaibarana .... Uaremeça
Urucuzeiro .... Caramuri
Seringueira .... Xiring
Castanheira .... Uaeranha
Maçaranduba .... Cirará
Caju-do-mato .... Crecerê
Pajurá .... Cobiça
Remari(?) .... Urupeá
Uxi .... Taruá
Coração-de-boi(araticum-de-cheiro)..............
..... Bucu-bucu
O fruto do coração-de-boi .... Bucubucu-á
Frutão .... Pariri
Bacaba .... Haruruxê
Cumari .... Tiuburá
Pequiá .... Xaá
Açai .... Caporema
Anajá .... Uaritá
Coco-de-catarro .... Uacuri
Mangaba .... Iubá
Patauá .... Uadu

Cacau cultivado .... Uadié
Cacau-do-mato .... Ocorapá
Murici .... Quenhém
Pupunheira .... Uaçorá
Araticum-do-campo .... Bucuburu baru
Cana-de-açucar .... Canipêque
Canavial .... Canipetip
Aningaúba(mucumucu) .... Aningá
Umbába .... Apac, uarurac
Taquara para flechas .... Ubipá, bipá
Vetiver .... Arang-á
Cacto .... Uadiá
Biribá .... Erauá
Ingá .... Xiriri
Cuieira .... Puá
Mamoeiro .... Açõ (caçõ)
Mamão .... Açõ-á(caçõ-á)
Algodoeiro .... Burum
Macaxeira .... Macaxi, mocepã
Cará grande .... Auairi
Caratinga .... Puirá erexaxa
Cará pequeno .... Puirá
Pequeno cara vermelho Puirá aniucara
Milho .... Morará
Batata .... Uixiá
Batata-da-costa .... Paõ-há
Capim amargoso .... Auatip
Timbó .... Cumapi
Liana .... Anepêque
Tabaco .... Hé
Mandioca .... Macepã
Jabuticaba .... Jubá
Mangaba .... Unhuá
Ananás .... Iparaá
Caju-do-campo .... Acerá caraú
Cajuaçu .... Eracerá
Pacová .... Açu
Banana .... Acubá
Banana-são-tomé .... Acorequempá
Fava .... Uetei
Feijão .... Adiãrap
Axuá .... Eteneá
Pimenta .... Axi-ã
Maracuja .... Maracuiá
Caju(fruto) .... Uerecerá
Cumaru .... Uiaia
Goiabeira .... Maiaba
Taioba .... Pananuã
Carocinhos para defumar .... Coçurá
Um .... Pã
Dois .... Xepixepe
Três .... Xibapengue
Quatro .... Ibariprip
Cinco .... Beixiri, brancojê
Dez (todas as mãos) .... Oheé suat
Muitos .... Até
Sim .... Ibehê

Não .... Caamá
Aqui .... Dutiê
Iá .... Hichê
Debaixo .... Deíp
Hoje .... Iançã, iancicabiá
Agora .... Nejê
Ontem .... Capecê
Ante-ontem .... Capecê querê-i
Amanhã .... Cuiadiê
Depois-de-amanhã .... Cuiadiê biecê
Daqui a pouco .... Darerêp
Depressa .... Abi, abi roceó
Muito .... Aré
Acima .... Cabicari
Abaixo .... Ipijé, deíp
Bastante .... Onhemã
Bem, bom .... Xipat
Lentamente .... Inidium minê
Perto .... Mempê
Longe .... Soat
Falante .... Ticaunxi
Bonito .... Rip
Feio .... Querê
Branco .... Epapêque, iretiat
Azul .... Ibitacobuê
Cozido .... Eerô
Cru .... Ereíp
Embriagado .... Icaú
Doce .... Querequerê
Alegre .... Urip
Duro .... Anhocat
Inchado .... Iiecu
Longínquo .... Uã
Aborrecido .... Sapecorê
Aberto .... Ipaiá
Cansado .... Iaaboroê
Medroso .... Uparará
Forte .... Etitat
Louco .... Aibarema
Grande .... Bereiubu
Gordo .... Diomocém
Úmido, molhado .... Irep
Negro .... Nhucat
Vermelho .... Patpecat
Ladrão .... Bocorep
Atracar .... Caprantê pediê
Comprar .... Odiat
Quero comprar uma rede .... Uhá arã odiat
Quero comprar uma galinha...Uhá sapucaia odiat
Quero comprar seu arco .... Uhá odiat irarê
Afiar, amolar .... Otimbirá
Gostar de alguém .... Xipat ebé
Gosto de peixe .... Iquedê tiê
Ele gosta de cachaça .... Utaiquê
Vou à minha choça .... Arecacaia odiê
Vamos! .... Nhã!

Vamos logo! .... Nhã diê!
Já vai? .... Nhetiema enha nhaçá?
Aonde vai ele? .... Bomá itiema?
Ele vai rio acima .... Bomá tiaca emá odiê
Ir caçar .... Itiê urêp
Vamos comer .... Nhem itiê com
Vá buscar água .... Iribi nhã tiebuê
Acenda o fogo .... Nhá xá eteí
Já está pronto (cozido) .... Eruema pêp
Ele chegou hoje .... Nhacê uadiém
Esperar .... Egairibê
Espere um pouco! .... Meimpêque
O que tem para mim? .... Adiô opop uebé?
Tem um pouco .... Iopit mopap
Tenho medo .... Decuecona
Tenho sede .... Biperêp
Não quero beber .... Iati ecô
Moquear .... Iperêp
Quebrar .... Aticã uém
Cantar .... Uamama
Fui caçar .... Acuema Odiê
Fui "sangrar" seringueira. Xireng iptacat odiê
Desenhar, escrever ... Taperarêp etumã bararat
É assim .... Timpuru
É verdade, está certo .... Tiemetutu

Que fazes, branco? .... Penepencena, cariuá?
Fui pegar (flechar) peixe ... Aximá diuém odiê
Comer .... Combi combi
Vamos comer! .... Nhã combi combi
Você está mentindo .... Naapaém
Ele passou ontem .... Capecê cap
Ele passou ante-ontem ..... Capecê quereiocap
Por onde passou? .... Bomá ocap?
Por aqui! .... Boomá!
Ele passou pelo outro lado .. Boomá uainabuê
.... ocap
Plantar .... Tairá
Plantar mandioca .... Mecê-ip tairá
Plantar banana .... Acubá tairá
Fui procurar o que comer...... Puiibit cararama odiê
Dentro de quantos dias ele vai voltar ....
.... Pombuirã xet uitipit
Dentro de duas "noites" .... Xepixepi xet
O que você sonhou? .... Adiú muxexé?
Não sonhei com coisa alguma....Ena ma taibit
Eu sei .... Taibit
Não sei .... Taibit ema
Ele matou .... Iaocá
De onde vem ele? .... Poriema
Quero tudo .... Suat caí mã um.

CAPÍTULO XII

ÚLTIMAS PALAVRAS

Despeço-me aqui do leitor.

Ao atingir o final deste trabalho, tenho a impressão de que, simultaneamente, chego a um começo... Mas não se trata de modo algum do "caminho de Damasco", de vez que já venho há tempos expondo minhas ideias acerca da Amazônia em geral e do Pará em particular. Ora, sou desses homens que não transigem com suas convicções. Sei do supremo ridículo que se liga a esta declaração: já não estamos no tempo em que a altivez cavalheiresca dos séculos passados era considerada como uma virtude.

Mas aqui trata-se apenas do Tapajós e do Pará.

Entretanto, como a uma trovoada que tivesse passado, somente uma referência e uma reverência: a alma, abalada pelo estrondo que ontem tanto nos amedrontou, experimenta, aflita, um balbucio. E, contudo, fez-se já o silêncio e vem o esquecimento. Nada no mundo mudou: algumas mortes e trapaças a mais e alguns patifes cheios de si na sua triunfante impunidade.

Estamos numa época feliz onde, para falar livremente, pelo menos nos livros, é necessário, em se tratando de nossas novas aristocracias, não se dizer o que se sabe, ou então fazê-lo com a aparência de que se trata de outra coisa.

Mas aqui trata-se apenas do Tapajós e do Pará.

"Felizes os mortos". — dizem todas as filosofias e todas as baladas. Mas não é nada disso! O sol nasce para as pessoas honestas, mesmo para aquelas que, retornando ensanguentadas das nobres batalhas, são ignominiosamente ridicularizadas pelos fariseus que sempre estão por cima, na temerosa expectativa da chegada do tempo da inexorável justiça, há tanto esperado.

Indignar-se para quê? Isso faz mal ao fígado!... Será mesmo necessário responder às venais injúrias de uma súcia de velhacos que te atacam de longe?...

Todas estas reticências e esta linguagem misteriosa poderão fazer crer ao leitor que seu jornal o ilude e que estejamos vivendo sob o reino dos Trinta Tiranos, tendo como Presidente do Conselho um ministro da censura.

Ou talvez seja eu quem esteja completamente desacostumado da Europa após meus quinze anos de peregrinações através das florestas da América.

A humanidade dos velhos grupos sociais talvez não seja pior, e certamente não é menos inteligente que a das opulentas terras deste mundo novo que também é o Novo Mundo. Há porém um mal: na Europa, não mais acreditamos na justiça — não são mais os Trinta Tiranos, mas sim os Trinta Criptógamos que brotaram sobre nossa sociedade, já exalando os miasmas pútridos das transformações velozes.

Parece-me ver uma ciranda de coveiros e de ratos de cemitério já começando a abalar o velho chão do mundo romano-germânico. Tudo faz com que se prevejam para a Europa terríveis dilaceramentos, após os quais somente a raça sobreviverá. Os donos de Roma já não são mais os pretorianos, nem mesmo os getúlios, os líbios ou os múmidas, agora são os filhos da Fenícia e da Núbia do Ocidente.

Amazônia, tu que me abriste tuas portas, por serem tuas terras vastas, ricas e ainda desertas o bastante, não serás atingida pela comoção que se avizinha. Dela, apenas tomarás conhecimento pela extraordinária afluência, pela maré montante dos filhos da Europa, a mãe inteligente, mas cruel e atormentada. Malditos, proscritos — de alguns em alguns, de grupo em grupo, — eles chegarão sobre tuas margens. Mas teu coração é tão grande quanto a infinita sucessão de teus ricos espaços desertos ainda quase ignorados, — e não será aqui que o exilado repetirá as palavras do profeta hebreu: 'Cativos sobre os rios de Babilônia, choraremos pensando em ti, Sion! Sion, onde estás?"

Uma estranha aventura está germinando na velha Europa. Parados à margem do maior e mais majestoso dos rios, olhamos para teu lado, Velha! E sem grande emoção, devido às coisas de que nos lembramos. E se tais recordações são despidas de cólera, é porque a Amazônia é uma terra de hospitalidade.

A Amazônia é uma região de contrastes, especialmente no que tange ao Pará. Belém quase nada fica a dever a não importa qual cidade europeia ou norte-americana de igual população. Ela é mais rica do que muitas, mais progressista do que diversas de suas rivais; contudo, quando desejo plantas silvestres para meu jardim, vou eu mesmo procurá-las na mata virgem, a dois quilômetros da cidade. Belém do Pará é uma cidade americana pelo seu espírito de empreendimento e progresso, e latina pelo seu amor às letras e às artes. Um impulso científico, neste momento, aí se delineia, podendo ser de natureza a alçar esta cidade a um lugar dos mais honrosos entre os centros intelectuais.

Belém vai dia a dia tomando consciência de seus destinos futuros. Contudo, não seria irreverente dizer-lhe que ela ainda se desconhece um pouco. Seus habitantes, aliás corteses, prestativos e corretos, são antes prudentes que audaciosos nos negócios. Estão bem cientes de que são os donos da maior bacia fluvial do mundo, de que o clima do rei dos rios é de modo geral bom e até mesmo clemente para os colonos chegados da Europa, e de que este clima permite que o Pará seja povoado pela raça europeia, e não por negros das Antilhas ou da Guiné. No entanto os paraenses estão no caso de alguém que possuísse um tesouro preciosíssimo, mas frágil: andam a passos controlados a fim de evitar uma queda que, efetivamente, poderia ser-lhes momentaneamente perigosa.

O Estado tem excelente finanças e um crédito bem estabilizado, só lhe faltando ser mais e melhor conhecido.

No que concerne ao vasto sudoeste paraense do Tapajós, do Alto-Tapajós e do São Manuel, basta que se diga, a fim de mostrar sua importância, que seu povoamento se faz sem qualquer ajuda do Estado, cessando os empenhos políticos a jusante da primeira cachoeira. Ali, vai-se povoando unicamente através do impulso dado pelas pessoas de boa vontade e inteligentes, que instintivamente se estabelecem numa região de futuro.

Glória aos colonos do Tapajós das cachoeiras, do Alto-Tapajós e do São Manuel! Mas o fato de serem inteligentes, laboriosos, honestos e simpáticos não é desculpa para que o Governo do Pará os deixe abandonados à mercê unicamente de suas próprias virtudes. De Maranhãozinho a Santarém, o Governo tem deveres e direitos. De Maranhãozinho ao Salto Augusto, sobretudo deveres. Se fosse eu o advogado da laboriosa e simpática população que vive acima de Maranhãozinho e que se lançou à conquista dos vizinhos ermos de Mato Grosso parece-me que, mesmo defendendo tal causa diante de um júri desinteressado, iria ganhá-la bem rapidamente.

"Paciência, sobre a terra, aos homens de boa vontade!"

Aqueles que povoaram as cachoeiras do Tapajós e o Alto-Tapajós e o São Simão realizaram obra inteligente, obra proveitosa, obra de boa vontade, mas cujo reconhecimento só se dará tardiamente, como aliás em todas as obras boas ou grandiosas...

Estes colonos, estes pioneiros do Tapajós das cachoeiras são um povo simples e bom, ativo até ao heroísmo, inteligente, íntegro. Notam-se por toda parte essas diferenças: os que ficam na praia e os que afrontam o mar, os que se estabeleceram no trecho encachoeirado e os que se plantaram a jusante da primeira queda, do primeiro rápido, os trabalhadores lá de cima e os comerciantes cá de baixo.

Mas todos, quer os "de baixo", menos numerosos, quer os "de cima", em número bem maior, trabalham ou já trabalharam.

Não é somente a borracha, explorada hoje até o Salto Augusto e abundante até ao centro de Mato Grosso, onde é colhida pelos oriundos de Diamantino logo acima dos "campos gerais", no Arinos, no Sumidouro, no Rio Preto e no baixo Juruena; não é somente a borracha que faz a riqueza do Tapajós; no entanto, é ela que constitui, provisoriamente mas de fato, enquanto algo melhor não surge, sua principal riqueza.

Talvez seja difícil, mesmo para os mais qualificados ou os mais interessados — conhecer a produção total de vários dos mais importantes seringalistas. Cada um esconde zelosamente os números de sua produção. Dentro de suas casas, constatei pequenas fortunas. Mas tive que descobrir o tesouro: não mostraram nunca por ostentação. Aliás, tal estatística a mim não compete. No entanto, não hesito em afirmar que se tivesse uma produção anual apenas equivalente às reunidas de Paulo Leite, Maurício e Cardoso, minha única preocupação passaria a ser a de mandar construir um chalé rústico nas cercanias de Belém, para ali dedicar-me um pouco à ciência, escrevendo algumas impressões, algumas lembranças...

Aqueles que quiseram garantir as doçuras da vida de "seringueiro de Virgílio" têm se dedicado ao plantio do cacau, como Cobra, "Tartaruga", Pedro Pinto e alguns outros. Mas seus cultivos mais antigos não datam de mais de cinco anos no máximo, quando o cacau exige dez anos para poder ser cortado. Mas eu penso que eles estão certos. As ilhas mais ricas: do Cururu — 20 "estradas"[1], da Conceição —10, do Marengo — 20, jamais equivalerão a uma plantação.

O Tapajós das cachoeiras começou e deseja continuar: quer plantar seringueira e cultivar pastagens artificiais para a pecuária, esperando poder estender-se através dos "campos gerais" do Cururu-Cadariri.

E ali se escuta: *Alimentar-nos-emos de nosso gado, produziremos a borracha, mas seremos "habitantes" e teremos nossa "família", e estaremos vinculados a um centro ao qual jamais nos passará pela cabeça abandonar.*

E podem suceder-se, à vontade, os impasses políticos ou diplomáticos entre estado e estado ou mesmo entre nação e nação, se for o caso, coisa alguma os importunaria desde que não afetasse diretamente sua obra grandiosa e gratificante de conquistadores das vastidões...

É fato, contudo que seria mormente nestes ermos da América que poderiam encontrar um abrigo muitos daqueles que sofrem e penam e que, por demais céticos após cem anos de farsa política, se restringem a praguejar num canto qualquer, de vez em quando, ao invés de ainda tentarem resistir.

Desditosos irmãos de nossa triste Europa deste fim de século, hipócrita e brutal ao mesmo tempo, desditosos irmãos europeus: antes que procurem investir contra as novas Bastilhas, não seria melhor que cada um caísse em si e resolvesse, para seu próprio bem, participar do inteligente êxodo para longe da lamentável opressão? Pois, é bom que se diga, quem se torna cético não se torna por isto menos capaz.

Os mundurucus assassinam um pobre parintintim que passa, cortam-lhe a cabeça e levam-na ao moquém para que seja feita uma obra de arte. Em seguida a tribo dança, batendo orgulhosamente no peito. Isso ainda hoje acontece, e no entanto esses indivíduos, apesar de tudo, possuem uma "civilização" digna de ser respeitosamente saudada pelos mais matreiros dos nossos modernos cartagineses. E assim o velho mundo continua...

Que nada disso lhes cause espanto. Convivi com os mundurucus e com os excelências. O mais curioso é que se possa, às custas de muita filosofia, partir para uma viagem com a própria companheira, na companhia de índios cortadores de cabeças, sem de modo algum lamentar seus antigos conhecimentos obtidos no Fórum e no Arcontado. E o vento da friagem, que veio da cordilheira austral passando pelos pampas, fica sozinho a relembrar ao viajante que por toda parte a sensação da vida é fria e acre. E assim, se vai e se vem do enfurecimento das tempestades aos calafrios quase dolorosos de uma esperança e de um mundo cujos destinos são ambos igualmente enigmáticos.

---

[1] *"Estrada" é a medida amazônica da produtividade de um seringal, equivalente à capacidade diária do trabalho de um homem. Em número de seringueiras, corresponde a, aproximadamente, umas 120 árvores num seringal relativamente denso. (N. do T.)*

Este livro foi composto com a tipografia Times New Roman
e impresso pela Meta Brasil.